単調にぼたぼたと、がさつで粗暴に

四元康祐

忠潮社

目次

装幀　中島 浩

単調にぼたぼたと、がさつで粗暴に

オ・モ・テ・ナ・シ

私はモノクロームな入国管理局員です。
海の果てから来るものは
みんな鬼だと心得て島の操を守ります。

私は国際派の神主です。
英仏独語で祝詞を唱え賽銭は外貨で運用
夢は世界各地の原理主義者と泥んこ相撲とることです。

私はグローバリズムにひとり敢然と立ち向かう盗撮者です。
今やスカートの奥の暗がりだけが
この惑星に残された最後のフロンティア。

私は新米の自殺者です。娑婆のしがらみ振りほどき

山の手ラインに身を翻せば
輪廻の輪のなか未生の自分がワルツを踊る。

私は夢見がちな地震予報士です。
それはきっと来るでしょう。来れば沢山死ぬるでしょう。
さあ吉野家へ行きましょう。

私は多情な検事です。
ガイシャの無念に号泣し、ホシの身の上思いやり
判事の法衣に横恋慕。

私は刹那に潜む放火魔です。
寒空を舐める炎が紙と木で出来たこの国にはよく似合う。
半鐘と野次馬の歓声が生きとし生ける証です。

私はナノミクロンのゴジラです。
口から可愛い放射能吐き散らし分子に蹴躓きながら
あなたの細胞のなかで暴れています。

私は大腸過敏な国家主義者です。
ここは美しい、ここは美しい、ひたすらそう唱えていれば
厠の臭さもバラの香り。

私はもう一人の天皇です。
象徴なんかじゃありません。確たる実体持てばこそ
こうしてパチンコ玉も弾けるのです。

私は悩める言語聴覚士です。
論より情のこの国で言葉って一体なんなんでしょうか。
本当はただ歌ってるだけでいいんじゃないか。

私は僻みっぽい憲法第九条です。
結局私って、あなたの気まぐれな呟き《ツイート》に過ぎなかったのね。
クリックひとつで上書きなさるおつもりなのね。

私は猫背で近視の易者です。

だから自分で自分の手相を読んでいます。
でも案外そこにこそ時代の縮図が丸ごと全部入ってたりして。

私は幻滅について考えている小学生です。
先生は夢の地図を描けと言います
曳かれてゆく牛の眼で。

私は切断された猫の首です。
お辞儀と敬語の裏に隠された憎悪の光を瞳に灯し
文科省の正面玄関前に置かれています。

私はよろめくミセス・ワタナベです。
日銀総裁の迂闊な一言で株価反転自己破産。
個人資産千四百兆円はハゲタカどもの腹のなか。

私はナニゲなホームレスです。
スマホ片手によさげな人の絶えざる流れを
まばたきごとに断層撮影しています。

私は耽美的な寿司職人です。
獲れたての命を捌いて、食べる宝石作ります。
夢は店に本物のルノワールを飾ること。

私は集合的無意識の徘徊老人です。
ＧＰＳで私の足跡を辿ってごらんなさい。
魂の輪郭が浮かび上がるよ。

私は真夜中のコンビニ店長です。
地球の上にはもう誰ひとり残っていません。
グラドル達に見守られながら私はおでんのツユを足します。

私は真理を追うストーカーです。
もうすぐあの女が改札から出てくるでしょう。
自分が何を隠し持っているのかまるっきり無自覚な足取りで。

私は 9784014400107 です。前世は 9784014400106 でした。

次に生まれ変わったら、匿名的なシフォナプテラ、通称ノミになりたいけれど、
やっぱり9784014400108の定めでしょうか。

私は拒食症の歌人です。飽食の世に生まれ
食べる端から吐き出してしまうのは
言葉だかヘドだか。

私は左右対称な理髪師です。
鏡の前で剃刀片手に
正午の時報を待っています。

私は千差万別多彩な顔を持っていますが
本当はただ一人
鏡張りのカラオケルームの真ん中に立ち尽くし
あなたのお越しを待っています。

ニッポン万歳

着陸を試みるたびに
滑走路ごと大地が捲れあがってしまうので
愛国はいつまでも着陸できない
白日の下に晒し出したら貧弱で痛々しいほどなのに
ナイロン越しに指先だけ這わせていると
国土は強靱にして生温かい

ハングル中（簡）中（繁）英語の刺青を彫られて
世紀の片隅に佇むホログラフの娘
その瞳に宿る被虐の量と制服の下の乳房の形を計測したのは誰？
エスカレーターの手摺りに両手で縋りついて
うなだれているゴム手袋の母
引き留めているのか、自分も連れていって欲しいのか

肩をすぼめ両腕を捩りあわせるようにして
消え入らんばかりに恐縮しながらぺこりと頭を下げる昭和と
背筋を伸ばし胸を張り両肘をパンタグラフのごとく
脇に突き出して慇懃に微笑む平成
リムジンバスの窓の高さからスーツケースの散乱する地べたまでの
垂直な士農工商を見送るのは最低賃金の水平か

湾の向こうに浮かび上がる富士が本物かどうかは分からない
太平洋高気圧から降り注ぐ陽光に包まれると
戦後と戦前の区別がつかない
すべての鉄板の継ぎ目のすべてのリベットから錆が滲み出して
すべてのビルのガラス窓には今はなき
官房長官の遺影がいまだ作業服を着たまま（逆さまに）掛かっている

オフィス内を満たす自律的にして強迫的な静寂は
手榴弾とともに少女らが身を隠す海際の洞窟から湧き出して
真っ赤な毛氈の野点の空へ消えてゆく

自分のパソコンの画面に映る他人の指の動きを読みつつ
靴底とカーペットが互いを摩耗し合うはかない音に耳を澄ませば
権威は自ずと形成されてゆく

一番大切で重要な情報は誰ひとり口にしない
知っていればその必要はなく知らなければ外部者として
速やかに排斥されるだけなのだから
お客様をお招きしてお見送るお招きしてお見送るお招きして……
畳の上の土足の跡はきれいさっぱり洗い流せる
不問に付される本質には膨大な枝葉末節を覆い被せる

歴史的な改変には無頓着でも
目の前にいる人の顔色は窺わずにいられない
地殻の移動の予測は無理でも
袖触れ合う他生の車両の身体の揺れに
籠められた敵意と欲望なら手に取るように感知できる
誰もが関係性の網に引っ掛かったまま互いの翅の震えを感じている

深々とお辞儀してその姿勢からさりげなくゴミを拾う
深々とお辞儀してその姿勢からさりげなく
カワイイ押しピン撒き散らす
気を配りぬいた果てに自分が消えてなくなればそれで本望
染みこんだ欲求の地下水脈は凍土の壁で遮断せよ
噴き上げる不満は今年度流行語大賞にのせて空高くベントせよ

墓石と自販機とオフィスビルの相似形が首都の紋章
燦然と輝いて浮かび立つ缶飲料の神々に
銭を投じて頭を垂れる真夜中のサービス残業
祈願すべきは兎にも角にも眠ること
職の安泰食の安全無病息災生活が一番と云いながら
布団のなかで夢見るのはいつも同じ終末のバリエーション

千鳥ヶ淵に浮かぶエイリアンの溺死体
神宮の森の奥へと連行されてゆく異教徒の男たち
多国籍バイオ企業のラボで99.9999%まで解析された帝の遺伝子
忍びこむウィルス降り注ぐ微粒子接近する船団立ち込める敵意のガス

内なる水際に竹槍が打ち棄てられている
悪夢の根はひとつでも寝返りの打ち方は人それぞれだ

「戦争はもう始まっているのですか
それともまだ終わっていないんでしたっけ？」
「護るべき祖国とは言葉でしょうか、憲法から『立小便禁ず』にいたる迄の？
それとも補正予算でしょうか、今日の荒波を乗り切るために
未来の森から切り出した材木で組んだ筏の？」
「伝統と文化でしょうか、たとえば鯨の肉に舌鼓を打つ？」

「街頭デモの小競り合いを掻き分ける警官の手付きが
妙に優しげで馴れ馴れしくさえ見えるのは気のせいかしら？」
「日本語でアジるシュプレヒコールは右も左も気が抜けて聴くに堪えん。
新しい韻律を生み出さないのは詩人の怠慢ではないか」
「大衆に阿るつもりはさらさらないが
クラウドから降り注ぐビッグデータの雨のなかでなら踊っていたい」

心の代わりに自販機で買った仔犬を胸に抱いて辿る家路

分刻みで運命が通過するたびに絶叫して発狂した鉄橋の下の葦の群生
青いビニール越しに命懸けで味わう四季の移ろい自然の侘び寂び
アウシュヴィッツにうず高く積み上げられた靴と違って
ここではみんなが履物をきちんと脱ぎ揃えている
民族の沽券にかけて守り抜く滅びの美

円と国債が暴落して狂乱インフレになっても朝の連ドラは終わらない
島を奪われ子を産めなくなり笑えば笑うほど
泣き顔じみてくる笑顔をどうすることもできなくとも
我々は希望を失わない、海底深く眠る燃える氷に、緑の星を
散りばめた万能細胞に、瞬時に大量の鶴を折り上げることのできる
ロボット達の卑猥なばかりに巧みな指遣いに未来を託して

人工知能には礼節と羞恥心を調教せよ！
萎えかけた末梢神経に宿るやおよろずの欲望をコスプレせよ！
空虚さこそ我らが国体の本義であると心得て
千代に八千代に時空を包装せよ！
たとえそれが人類の普遍的な価値には無縁であっても、忘れるな

文明史上最も清潔な肛門《ウォシュレット》を実現した民族である誇りを！

ヒルズから吹きつける風が乃木坂に屯する叛乱兵の足跡を掻き消すとき
桜田門外に降りしきる花吹雪を浴びて新たな維新の血が騒ぎだす
九段下の英霊たちが長いエスカレーターに列をなして
地下鉄半蔵門線のホームへ降りてゆくとき
武道館は割れんばかりの狂喜乱舞
旗を持とうが持つまいが腕の振り方に変わりはない

テレビ画面からとめどなく溢れ出る美食の幻が
膨大な残飯となって海浜に堆積して領土の拡大を齎す
針金片手にそれを漁って生き延びる子々孫々が口ずさむわらべ歌は
字幕付きの哄笑と憎しみの街宣に呑みこまれて聴こえない
去勢された羊たちは黙々と草を食み続けている
中断された工事現場の崖っぷちで

世界遺産に登録すべきは富士でも和食でも九条でもなく
〈日本人〉そのものではないか

岩に染み入る蟬しぐれ諸行無常虫の音のレクイエム
無人のシャッター商店街に今もなお谺する
パチンコ玉とカラオケの残響を後ろ髪からたなびかせつつ
連盟よさらば、我が代表堂々退場す

万世一系有り難い連鎖の果てに宿る最後の一滴の
露のような赤ちゃんを、国家予算のすべてとハイテックの
粋を注ぎ込んだ人工子宮から取り出して
純白の絹にくるみこみ
そこに真紅の丸を描いたならば
八紘一宇この星の津々浦々から湧き上がるだろう

ニッポン、バンザイ！
ニッポン、バンザイ！
ニッポン、バンザイ！
愛惜に満ちた三唱が三千世界の静寂を満たせとばかりに
（だが問うなかれ、武士の情けで
それが男の子だったか女の子だったかは）

Je suis 女

まほろばの言葉人権
まぼろしのわたしのおかあさんフェミニズム（佐藤弓生）

総理大臣はおんなである
官房長官はおんなである　おんなが
おんなの女房役を勤めている
党三役みなおんな
元幕僚長もおんなである

総理大臣の妻はおんなである
官房長官の妻はおんなである　おんなが
おんなの女房役を勤めるおんなの女房なのである
党三役の妻たちはおんなである
ただし政調会長に関しては明言を避けておく

すべてのやくざはおんなである
サラリーマンはおんなである
サッカー男子日本代表はなでしこである
連続婦女暴行犯はおんなである
歴代の横綱はおんなである

蘇我入鹿はおんなである
平清盛はおんなである
弁慶と牛若丸はおんなどうしの道行である
赤穂浪士四十七人全員おんな
おいどんもおんなである

昼下がりのスーパー銭湯
その男湯にたちこめる湯気にうごめく生白い
肩、背中、肘、股、腿、膝、脹脛
膚の肌理がおんなである
丹念に臍を洗う手付きがおんなである

おんながおんなを抱いている
みんなでおんなを犯している
おんなはみんなを愛している
あんなおんなそんなおんな
どんなおとこもオカンの末裔

週刊誌の表紙を飾るのは
花鳥風月おんなである
記号化された欲望の成れの果てのおんなである
メディアの波の上で微笑むおんなは
内需喚起の女神である

ＡＶ嬢なおもて愛嬌を売るましてＪＫをや
リビドーは内攻して鬱屈する
俯いて草を食む首の後ろの生白さ
癒しとカワイイを最高理念と位置付けるおんなの国の
少子高齢化は集団的なタナトスか

つい気を配ってしまう課長の心がおんなである
知らぬ間に書類の端を揃えてしまう部長の指先がおんなである
お辞儀のたびの上目遣いがおんなである
いかなる差異も見逃さない妬みに嫉みにチクリとシカト
男社会は女囚さそりの雑居房

自分は食べずにお代わりをよそってくれた
おふくろを忘れられぬあまり
金を払ってママと甘える銀座の夜がおんなである
妻を殴る拳がおんなである
尖ったおちんちんの先がおんなである

我が国に性差別など存在しない！
性差自体がないんだから
男のなりしたおんながおんなを搾取するだけ
お世継ぎ問題に悩むこともない
おんなの国の象徴が女帝であってどこがいけない？

会議資料を配ってまわる一般職女子に
我が社で初めての女性役員が向ける会心の笑顔を
廊下の隅の掃除婦は見たことがない
紅一点を囲んでの役員一同ポートレートは
輪姦のあとの日本刀片手の「記念写真」と構図が似ている

おんな達を崖から突き落としたその手で
マッカーサー元帥の靴を磨く
ピンカートンに棄てられた蝶々夫人の悲運も忘れて
ペリー提督からＴＰＰに到るまで
歴代政権白人フェチの尻の軽さは治らない

身をのけぞらして悦び悶える列島の形がおんなである
しとど濡れるゲリラ豪雨がおんなである
富士山はクリトリス
隣国に差し出したまま無視されて宙に浮いた右手を下ろして
罪知らぬ歴史の無垢な人差し指で自らを慰める

権力の突き出すペニスを頬張って
いそいそと自主検閲に励むマスコミはおんなである
丸腰で戦場に送りこまれて
おろおろと右往左往する自衛隊はおんなである
お笑いと美食に憑かれた民はおんなである

男どもが我が物顔でおんなになるので
おんなには立つ瀬がない
いっそ開き直って男にでもなるしかないのか
もはや暴力革命すら辞さぬ覚悟で
ジェンダーの黴臭い布団をひっくり返す時ぞ来たれり！

いまこそ真の女権国家を樹立せよ
帝から町内会班長にいたるまですべての権力機構から男を排除せよ
いな、国家という概念そのものの上に跨って
権力の筆を下してやれ　さみしくもさもしい亀の頭の
皮を剝いじゃれ

新たに書き直す憲法はおんな言葉だけを用いて
平仮名のくずし字で表記すべし
九条には与謝野晶子「君死にたまふことなかれ」を引用せよ
日の丸は初夜の純潔に非ず熟女の暗き経血なり
君が代はＡＫＢの新曲に挿し替えよ

宥す心がおんなである
耐えがたきを耐え忍びがたきを
忍び過ちはもう二度と繰り返しませんと
誓う心がおんなである
護り抜く覚悟がおんなである

〈男〉は幻想
人類を暴力と狂気の淵へ駆り立てる
おんなは男の罪を背負って
月ごとに血を流す
生きとし生きるはおんなである

村中みんなで子供を殺す

―― It takes a village to kill a child

学校が子供を殺す
規則の紐で首を絞めて
炎天下の校庭の旗棒に磔にして
崩壊した教室の瓦礫に生き埋めにして
死んだ子供の亡骸は
検定と修正と自主規制で真っ黒な道徳の教科書の
奥行に埋めてやれ

塾が子供を殺す
グァンタナモ基地顔負けの睡眠剥奪
フォアグラの鵞鳥さながら喉に詰め込む三択の束
人間の値打ちは数値化され換金されてなんぼと洗脳して
バトルロワイヤル金網リングのなかで互いの喉首掻き裂かせる

死んだ子供の亡骸は
第一志望校現役合格者のドヤ顔に貼ってやれ

親が子供を殺す
まだ青い尻をエゴと見栄と付和雷同の鞭で叩いて
果てなき成功の幻影へと駆り立てる
「お前の将来を思えばこそ」の錦の旗を振りかざして
職場の窓辺の憂さを子で晴らす
死んだ子供の亡骸は
子孫末代ローンのマイホームの庭に埋めてやれ

国家が子供を殺す
のは今に始まったことじゃない
だからこそ産めよ増やせと言い募る
かつては帝国列強今は経済戦争勝ち抜くために
自ら進んで命差し出す特攻隊が必要だ
死んだ子供の亡骸は
靖国に祀れ

資本が子供を殺す
人が資本と人に向かって云い放つ社長の面皮
社員の全人格的成長が使命と胸を張るチンピラ人事
青田刈り重ねた挙句に新生児一束いくら？
死んだ子供の亡骸は
世界の富の半分を保有する上位１％の
黒いマネーに流してやれ

未来が子供を殺す
死んで花実が咲くものか
今金がないなら次世代から奪えばいい
環境破壊に人口爆発あとは野となれ山となれ
選挙権なきものに口はなしとばかりのしたい放題
死んだ子供の亡骸は
タイムカプセルに入れてやれ

テクノロジーが子供を殺す

「役に立つ」情報と細切れのイメージに
三つ子の魂漬けこんで
泣くも笑うもプログラムされるまま
クラウドから吊り下げられたアンドロイドの羊達
死んだ子供の亡骸は
仮想世界にＵＰしてやれ

村中みんなで子供を殺す（ギターソロ）
村中みんなで子供を殺す（ドラムソロ）
村中みんなで子供を殺す（ハンドクラップ）
村中みんなで村中みんなで村中みんなで（コーラス）
ひとり残らず子供を殺す
干からびた子宮と捩れた臍の緒は
濠に投げ込め

彼

結局それは遺伝子に尽きるのだろうか？

彼は理念ではない
理念は言葉なしでは存在しないし
言葉によって説明することが可能だが
何人も彼を言葉によって語り尽くすことはできない
言葉を奪われても彼という存在は揺るぎない
彼は一個の肉体である
たとえ彼が千代に八千代に沈黙し続けたとしても
私たちにはなおその実存が感じられる
あしひきの山の静寂のように
脳死判定を待つ人の手のほのかなぬくもりのように
彼は無言のうちに語りかけて止まない

「我在り　故に
　あんただっているんだよ」と
彼は理念ではない

彼は神ではない
彼は世界を創造しなかった
私たち同様彼もまたこの世界に宿った命の露である
彼はどんな掟も戒律も定めなかった
ただ私たちとともに歌を囀り
私たちに背を向けて神に祈りを捧げるだけだ
彼は国王でも教皇でもない
私たちが彼の臣民であるために
どんな法典も教典も不要なのだから
むしろこう主張することさえできるだろう
彼は地上の権力に抗って彼であり続けてきたのだと
だからこそ彼を慕い敬う気持ちは
誰に強いられるでもなく私たちの胸の奥から湧き上がるのだ
高天原から降り注ぐ汚染なき雨水のように

けれども彼は神ではない

彼は普遍ではない
その畏さ有難さは不変であるにも拘らず
私たちが彼に抱く素朴な感情を
〈ガイジン〉に伝えることは不可能だ
あるいは阿吽の呼吸でそれが分からぬ者たちを
〈ヒコクミン〉と呼んで嬉しいトートロジー
彼と私たちとの関係を固有化しているものは何なのだろう？
気候や地形や風土だろうかあおによし
ならのみやこは煮魚の臭うがごとしウォシュレット
消臭と抗菌の彼岸に立ち昇る樟脳さまの幻影か
彼とは感覚的存在なのであろうか茜射す
すすき野行き中洲行きタモリは見ずやキャバ嬢が
袖振る一瞬に五感のすべてを晒した者だけに許される特権なのか
彼は決して普遍なんかじゃない
アタシだけの彼である

彼ゆえに私たちは私たちである
彼の前で私たちは我という孤独な皮衣を脱ぎ捨てて
一人称複数の大いなる腕に抱かれる
もはや主語は要らない
空と雲とオスプレイを映す水田に立ち並ぶ稲穂のごとく
私たちは均一性の空洞に根を下ろし
一斉に風に靡くその見えない風が彼である
個の尊厳と引き換えに私達は全体性の温泉に肩まで浸かって
ばんばばんばんと永遠を獲得する
巣に群がる蜜蜂のように自販機から吐き出される缶コーヒーのように
私たちはもはや互いに区別がつかない
死など怖れるに足らずこの我の消滅は新しい我の誕生
我が生は生きるに及ばず他のみんなが生きてくれてるんだもの
彼ゆえに噫彼ゆえに私たちである

自分で自分に継承されてきりもなく続いてゆくもの
どんな価値観にもモラルにも縛られずに
ただひたすら存在することだけに固執するもの

♪ああ川の流れのように　ゆるやかに　いくつも時代は過ぎて
　ああ川の流れのように　おだやかに　この身をまかせていたい♪
と美空ひばりも歌ってるそのアルトの響き
私たちを酔いしらせるもの行動へと駆り立てるもの
それでいて自らは指ひとつ動かさず
挿入時の体位すら自分では決められない徹底的に受け身なるもの
だからこそいつまでも赤子のように無垢なままで
連なる時の真珠玉、去年今年
貫く紐の如きもの
結局のところ、それは遺伝子の問題に尽きるのだろうか？

眼を閉じて胸に手を当て頭垂《こうべ》れ
彼を思うとなぜか真空を漂う巨大ナマコの姿が浮かぶ
捩れながら口腔から肛門へと到る腸管は
宇宙にとぐろ巻くメビウスの輪
物質と非物質を裏返しつつ循環させる大君の辺にこそ死なめ
かへりみはせじ遥かなる事象の地平
おお、破壊される細胞膜よ！　流れ出すリボ核酸よ！

すりおろされるキュウリらの合唱する断末魔
ラッシュ時の埼京線嵌め殺される互いの肋骨
彼の周囲に群がり合い積み重なり押し潰されて息果つる歓び！
だが集団的な生は寂しい
スライスして酢に漬けてもみじおろしを付け添えても
万世一系卓袱台の傘の薄暗さ

彼は遍在する
原っぱで夕陽を浴びるガキ大将の背中に
新入社員に囲まれて写真に収まるリストラ会長の微笑みに
腕組んでサヨナラホームランを見送る歴代巨人軍監督の無念の裡に
時事放談収録中に啜られる日本茶の緑の底に
カウンター越しにお辞儀する雇われママの流し目に
無人工場のロボットたちを見下す監視カメラの首の角度に
上り框の前に脱ぎ捨てられた靴の散らばり方にまたいつの間にか整然と
並べられたその爪先の一斉に指し示す方角に
プリクラの御真影の剝がれた痕に
白無垢の花嫁の身体に絡みつく三重組み紐の結び目に

私たちひとりひとりの黒い頭が撒き散らすフケのすべての切片に
数限りない彼がいる

結局は遺伝子の問題に尽きるのであろうか？
歴史の内部被曝による染色体異常かなんぞだろうか？
私たちをひとつに束ねる力が私たちを世界からシカトする
海一つ隔てた天涯孤独の天の原
ふりさけ見ればララポート成田のダサさがあたし好きかも
海外協力隊のポスターでアフリカの若者と肩組む大和男児の恥かしさ
リュクサンブール公園に戯れる碧眼ベビーを慈しむ撫子はコアラを見る眼
誰が首相になろうがサミット記念写真の寄る辺なさは変わらない
たとえおらが国さから一歩たりとも外に出ずとも
群れない限り番わぬ限り忽ち自分自身が掻き消えてゆく
そして誰もいなくなった宴の後の静けさに
はらはらとただはらはらと降りしきる花びらの一枚一枚に
山高帽に丸眼鏡ステッキ片手の
直立不動の彼がいる

いつか私たちが
彼の外に歩み出る日は来るのだろうか？

日本国憲法・前文

俺は決めたんだ
殺し合いはこりごりだと
命あっての物種、笑顔を絶やさず
自由気儘に生きていこうと
俺は決めた
誰にも指図されず
自分のことは自分で決めると
誰にも頼らず自分自身の足で立って
誰のためでもなく自分自身のためにこそ
生きてゆくと

あたしは決めたの
ひとの心の優しさを信ずることを

We, the Japanese people, acting through our duly elected representatives in the National Diet, determined that we shall secure for ourselves and our posterity the fruits of peaceful cooperation with all nations and the blessings of liberty throughout this land, and resolved that never again shall we be visited with the horrors of war through the action of government, do proclaim that sovereign power resides with the people and do firmly establish this Constitution. Government is a sacred trust of the people, the authority for which is derived from the people, the powers

この世を動かす
物の道理に従うことを
あたしは決めた
人間はひとりきりでは生きていけないから
他人を信じることに賭けてみよう
自分が幸せになりたいのなら
他のみんなが飢えや苦しみから救われるように
手を差し伸べようと

それにしても、ある朝不意に
俺は立っていた
雲一つない真夏の空の下に
自分でも聞いたことのない声で語り始めていた
至極当たり前の、でも凄く新しいことを
俺とは誰なのだろう?
どこからやってきたのだろう?

なにひとつ忘れてはいない

of which are exercised by the representatives of the people, and the benefits of which are enjoyed by the people. This is a universal principle of mankind upon which this Constitution is founded. We reject and revoke all constitutions, laws, ordinances and rescripts in conflict herewith.

We, the Japanese people, desire peace for all time and are deeply conscious of the high ideals controlling human relationship, and we have determined to preserve our security and existence, trusting in the justice and faith of the peace-loving peoples of the world. We desire to occupy an honored place in an international society striving for the preservation of peace, and the banishment of tyranny and slavery, oppression and intolerance for all time from the earth. We recognize that all

小さな石が大きな岩となって苔に包まれるまでの
過去の全てがあたしの裸に刺青されている
あたしの血で、あの人たちの血で――
どんな心の誓いも手の行いを消し去ることはできない
たとえ朝陽の下ではなにもかが眩しく見えても
あたしの瞳はあの夜の黒を宿し続ける

私達でも我々でもない
〈We〉という語の不思議な響き
この国の言葉にはない一人称複数に籠められた
約束と自由
俺たち一人一人の寄せ集めでありながら
あたしたちを越えたひとつの人格
その〈We〉がいつか
まだ見ぬあなたに出会えますように
その〈We〉が太古初めて二本足で立ち上がった
霊長類の歓びを忘れぬように

peoples of the world have the right to live in peace, free from fear and want.
We believe that no nation is responsible to itself alone, but that laws of political morality are universal; and that obedience to such laws is incumbent upon all nations who would sustain their own sovereignty and justify their sovereign relationship with other nations.
We, the Japanese people, pledge our national honor to accomplish these high ideals and purposes with all our resources.

俺たちは持てる力の限りを賭して
あたしたちは持てるすべての優しさをこめて
今日この星の上で歌う
ウルトラのいるM78星雲に向かって
人間の声を放つ

訳註

「日本国憲法」の「前文」を初めて読んだのは、中学二年生の「倫理」の授業においてだった。カトリックの神父でもあったK先生は、まだ英語を習い始めたばかりの我々に、いきなりこの「前文」を英文と日本語の正文の両方で繰り返し読むことを強要し、ついにはその両方共を暗唱させてしまったのだった。自分の国の憲法に、英訳があって、元を糺せばGHQ草案という英文が下敷きになっていたということを、その時初めて知った。それは素朴な驚きではあったが、違和感はなかった。当時私が住んでいた街の「象徴」的存在であった「広島カープ」だって、ルース監督というアメリカ人が率いていたのだから。むしろ自分が憲法などという難しい文章を、英語で曲がりなりにも読めるということの方がよほど信じ難かった。考えてみれば「日本国憲法・前文」は、私が教科書以外で初めて読んだ「生きた英語」だったのかもしれない。

ヒロシマ音頭

一、
向こう百年草木も生えぬと
云われた町に若葉が萌える
あの日あの朝森が燃えたち
空飛ぶ鳥さえ火玉と化した
地獄の絵図も月日に褪せて
モミジ饅頭赤ヘルしゃもじ
ヒロシマよいとこ平和の都
あそれ、来んさい来んさい

二、
鉄腕アトムは科学の落とし子

胸に原子炉尻からベント
可愛いウランと手に手を取って
崩れかけたドームを支える
たかが電気とあなどる勿れ
原子力なしではアニメも観れぬ
ヒロシマよいとこ未来の光
あそれ、来んさい来んさい

三、
南の海にキノコのお化け
あっと驚く第五福竜丸
ゴジラが目覚めて欠伸をしたら
放射能の虹が空にかかった
せめて仁義はわきまえて
壊すは東京国会議事堂
ヒロシマよいとこ鬼さんあちら
あそれ、来んさい来んさい

四、
限りなく減らすはいいけど
なくしてしまう訳にはいかぬ
原発議連の言い草は
捕鯨を護る言辞にそっくり
原発原爆、原爆原発
平時と軍事のリサイクル
ヒロシマよいとこ使用済核燃料
あそれ、来んさい来んさい

五、
猿が豆を剝いている
裂け目のない殻に爪をたてて
存在の核に触れなば落ちん
鬼も逃げ出す危険な遊戯
知らぬが仏の情報統制
欲に憑かれた指が止まらぬ
ヒロシマよいとこ姐ちゃんも綺麗だ

あそれ、来んさい来んさい

六、
千羽万羽の折鶴に頭を垂れて
平和を誓う首相の笑止千万
死者たちは黙って見つめている
鳩の羽音響くみ空から
祈りは無力だ誓いは空しい
だが行いは力を求め力は争いを呼ぶ
ヒロシマよいとこどうすればいいのだろう？
あそれ、来んさい来んさい

七、
Je suis Hiroshima と誰に云えよう
核の傘借りて黒い雨に濡れもせず
浮かれ騒いだこの七十年
だが今にして漸く見えてくる
安保改定半島有事沖縄返還そのたびごとに

日本列島内部被曝
ヒロシマよいとこ秘密の約束
あそれ、来んさい来んさい

八、
ここが広島だったのだこの星の
どこであれ君の今いる所が
眼をつむり太陽に手のひらを
翳してごらんあれがピカだと思って
僕らはみんな生きている
あの刹那の直前の朝のしじまを
ヒロシマよいとこ八月六日午前八時十五分
あそれ、来んさい来んさい

広義の密約

〈すみません、いまって急いでます？
〈あやしくないあやしくない
《河っていうか海っていうか。引っ越してきたばかりだから
「口頭にしろ、文書にしろ一切ございません[1]
《これなんなんですか？
〈なんかこうやって声かけても止まってくれるじゃないすか。いい人なんですね
《ええ、どうしよう
〈なんかすごいいい人ですね。喋りやすい
《だってえ、困ってるかもしれないじゃないですか
〈困ってたら話してくれるんですか
「従来から政府が申し上げております通り、この密約は存在しないわけでありまして、これは歴代の総理大臣および外務大臣がこのような密約の存在と云うものは明確に否定をしているわけで、委員が今お出しになられた資料にも書いてあるとおりでございます[2]

〈カメラとか回してもいいですか？　想像しているようないかがわしいものじゃないですから
《ええ、怪しいじゃないですか
《ご飯くらいなら
〈えらいあっさり。好き嫌いあるんですか？
「原子部隊の問題につきましては、これは新聞の誤った報道がいたく国民の気持ちを刺激したと思いますが、責任ある国防省と国務省は、これは事実ではないということを言明しております(3)
《こわい
〈かき氷食べません？
《かき氷ならいいですよ
「艦船、航空機によるものも含め、安保条約の下での核持込みに関する事前協議制度については、いわゆる藤山・マッカーサー口頭了承が全てであり、秘密であると否とを問わずこの他になんらかの取決めがあるという事実はない(4)
〈今日も江の島っていっぱい人いるじゃないですか。出会いを記録したいんですよ。今日もいっぱい声かけたんですよ。どっちかというとナンパ、僕、初対面の人いっぱいありましたよ。でもこうやってかき氷喰ってるのってすごくないですか
〈僕、六本木なんですよ。××さんは江の島じゃないですか。普通だったら会うこと絶対

ないじゃないですか。すごいと思いませんか
《なにが凄いか分かりませんけど
〈ぶっちゃけ、AVそのものなんですよ
「邦人漁夫、ビキニ原爆実験に遭遇(5)
《えーっ、そういうのだったら駄目ですよ。これ払います
《でも食べてんだけど
「23名が原子病〝死の灰〟つけ遊び回る(6)
〈旦那さんとかいつ帰ってくるんですか
《終電だけど。でもなんでこんなこと話してんだろう。意味ない
〈意味あるって。植村直己知っています。北極だか南極だか忘れましたけど。なんで山登るのかって思うじゃないですか
「当店は原子マグロ買いません　乞う安心!!(7)
〈僕、自分でしますから、それを見てもらうっていうのはどうすかね
《えへ。見てるだけなんですか
「人類最後の日、来る！(8)
《顔とか出るんですか
〈出ちゃだめですか。それは大丈夫ですよ。それはなんか、世の中モザイクとかあるじゃないですか

「光を当てては駄目だ。そんなことをしたらもっと怒るだけだ！[9]
〈で、なんてーの、要はちんことかまんこのビデオなんだけど
《ちょっとちょっと、声が大きい
「二百年前に棲息した大怪獣ゴジラ。水爆実験はついに太平洋に眠る怪獣の怒りをかった。放射能を発し、灼熱の怪光を吐きながら、ついにゴジラは東京へ上陸した[10]
《ふるふるふる困ります
〈僕だまして怖いとか痛いとかそういう思いはさせませんから
〈取り敢えずどっか行きません？　ここ、みんな見てるみたいな気がして。視線が気になるから。
《恐いってゆうか
「せっかく長崎の原爆から命びろいしてきた大切な身体なんだから[11]
〈エッチとか、結構するんですか
〈そっか。でも好き？　旦那
《誰と付き合ってゆくのも旨い付き合い方が必要じゃないですか。だから帰ってきてもあまりしてくれないんですけど、寂しいっちゃ寂しいけど、ちょうどいいくらい
「ノーベル平和賞をいただくという類まれなる栄誉に恵まれたということは、我が人生において最も記念すべきことであります[12]
〈僕も恥ずかしいんですよ。あんまり人前でそんなことしないですし。男の人のオナニー

とかみたことあるんですか？
《あんまり。別に旦那も普通に。見たりしないから
「この栄誉に預かるのが、私一人であるとは思っておりません。私はこれを日本国民とともに戴くものです。先の大戦以来、日本国民は世界の平和を維持し発展させるため、そして人類の進歩と繁栄に寄与するため、懸命な努力を続けて来ました(13)
〈あ、子供いないんだ
《ちょっと、どういうのなのかなあ、っていうのはありますよね。ひやー、もう始まってるの
〈もうでかくなっていますよ
《ひえー。自分でできるんですか。すごいですね
〈できますよ。まあなんかそういうビデオやってるんで
《すごいですね。これ、見てるだけでいいんですか
《恥かしい。顔でないですよね
「私は、核兵器を所有しない決心をした国としての日本が取るべき進路を深慮した上で、日本政府の方針として、非核三原則を打ち立てたのです(14)
《あったかい。ええ、こんなに熱くなるもんですか。硬いよ。すぐになるものですか。
えー、すごい硬いんですけど
〈ちょっとこれパンツきついから

《いやー、本物だ。すごいですね。すごい。へえ
「核を積んだ艦船などの寄港・通過について、核の持込みに必要な事前協議の対象から除外する(15)
〈あ、触ってくれるんですか
《ちょっとちょっとちょっとえー。こんなに触っちゃって、邪魔しちゃってすみません
〈むしろ触って欲しいんです
「沖縄返還後の沖縄に重大な懸念事態が生じ、米政府が核兵器を沖縄へ再び持込む場合、日本側は事前協議で承認する(16)
《恥かしいですね。えー、硬い。すごいですね
《えー、えー、だって映っちゃいますよね。顔とか
〈もう映ってますよ、顔とかだからいま映っていないですから
《スケベな女みたいで。チョー恥ずかし。微妙に変な気分
〈こんなこと云うのもあれですけど、誘っといてなんですけど、来てる時点で分かってますよね
「歴代の首相、外相を含めて密約はないと言明してきている。政府見解は、それに尽きている(17)
《バカな女ですよね。どうしよう
〈馬鹿じゃない、馬鹿じゃない、自然ですよ

《自然、えへへへ。すごく、これがすごい。あり得ないですよね。普通の生活したらこんな。そうか。えーこんなー、とかいって。そうか。ああ、そうか。なんか変な気分になってきますよね。あー、どうしよう。だめなのかなあ

《物欲しげないやな女。超ごめん

「過去の答弁者の責任追及ではなく、北朝鮮などの脅威に対して核抑止力をどう維持するかの議論につなげたい[18]

《嘘なんですけど、この胸

《なんかへんな気分になってきちゃった。もう叱ってくださいよ

「将来の緊急事態に際し、日本への核持込みが必要になった場合には、時の政権の判断で非核三原則の例外を認める[19]

〈スケベ奥さん。パン、パン

《いきそう

註

（1）木村俊夫外務大臣答弁（一九七四年十月十四日）

（2）中曾根弘文外務大臣第一七一回国会外務委員会答弁（二〇〇九年六月十五日）

（3）岸信介内閣総理大臣臨時代表・外務大臣衆院本会議答弁（一九五七年二月五日）

（4）中曾根康弘総理大臣第一〇八回国会答弁（一九八七年四月十四日）

（5）読売新聞見出し一九五四年三月十六日付
（6）同右
（7）第五福竜丸事件後の魚屋の看板
（8）一九五四年十一月三日封切東宝映画『ゴジラ』予告編より
（9）同右
（10）同右
（11）『ゴジラ』本編中科白
（12）佐藤栄作ノーベル平和賞受賞スピーチ（一九七四年十二月十一日）
（13）同右
（14）同右
（15）一九六〇年一月安保改定時の核持込みに関する密約・外務省東郷文彦北米局長極秘メモより（一九六八年一月二十七日作成、二〇一〇年三月九日公開）
（16）一九六九年十一月沖縄への核再持込みに関する密約・同右
（17）籔中三十二外務事務次官記者会見発言（二〇〇九年七月十三日）
（18）自民党河野太郎衆院外務委員長記者会見発言（二〇〇九年七月十三日）
（19）岡田克也外相衆院外務委員会発言（二〇一〇年三月十七日）

＊そのほかのテキスト（〈および《を付されているもの）は、あるアダルトビデオ作品のなかで交わされる会話を速記したものである。作品を示したいのだが、たまたまネットで見かけた断片的な映像ゆえ、タイトルも分からなければ再び検索のしようもない。よって無断転載をご容赦いただきたい。読者のなかでご存知の方がいらしたら、ぜひ出版社までご連絡ください。

イマジン――レノンに倣って

天国もなければ地獄もない
頭の上には空があるだけ
そんな世界を想像しようとすると
人間の姿が消えてなくなる
代わりにサルの赤ちゃんが一匹
木の枝からぶら下がっているのが見える

国境のない丸い惑星
人を殺したり自分の命を投げ出してまで
護るべきものはなんにもない
神様にだって用はない
そんな世界を想像しようとすると
平和と退屈の区別がつかなくなってくる

君は僕がニヒリストだと云うだろうか
でも綺麗事は云いたくないんだ
いつか君に出会うことができたらいいな
人間でいっぱいなのに寂しすぎるこの星の上で

大好きな人を奪われても
平気でいられるかい？
ＳＮＳなしでも生きていけるかい？
僕らの遺伝子をずっと遡ったら
同じ一個の生命へと辿りつく
宇宙から降り注ぐ熱い隕石の雨のなかで……

そんな夢に耽っていてもいいだろうか
君がひとりで泣いているとき
いつか君に出会うことができたらいいな
そしてリンゴのようにこの世界を分かち合えたら

＊

ジョン・レノンは「イマジン」のなかで「国家のない世界を想像してごらん／難しいことじゃない」と歌っているけれど、僕は実際に目の前から国境が消える瞬間に立ち会ったことがある。EU統合の一環として域内の交通が完全に自由化された時のことだ。線は消され、通関の建物は取り壊された。ついでに通貨までひとつのユーロに混ざり合った。

だが、それで世界が平和になったかと云えば残念ながら答はノーだ。民族主義的な意識はむしろ強まってEUそのものを揺るがしているし、ドイツでは毎週月曜日にイスラム教徒を排斥するためのデモが行われるようになった。移民二世にあたる僕の子供たちは、そのデモに反対するデモに出かけてゆくので、僕は気が気じゃない。

レノンは国だけでなく宗教も欲望も、争いも自己犠牲も否定し、「ただ幸せに今日を生きること」を呼びかけている。正直なところ僕にはそんな世界を想像することができない。人間は自分を越えたものを信じることなしには生きられないのではないか。憎しみがなくなれば愛もなくなり、善は悪なしでは成り立たないのではないか。

理想を追い求める情熱のなかにすでに戦いと血の種子は潜んでいる。その心を棄てれば人間は猿に退行するか、ロボットになるしかないだろう。人類全員が解脱した世界はどこか死と全体主義の匂いがする。僕らはこの地上に留まって、泥と汗と涙に塗れて生きてゆくしかないのだと思う。時に身近な人と手を繋いで「イマジン」を口ずさんだりしながら。

現代と詩人

1

ウー……と、警笛が鳴ります、ウウウー……と、
皆さん、これは何かの前兆なのです、皆さん！
屹度何かが起こります、夜の明け方に。
屹度何か——

彼はペンを止める。机に向かったまま身を強張らせている。
下宿の畳が波打っている。彼は天井を見上げる。
地震が収まった後でも、電灯の傘は揺れ続けている。
窓を開けて二階から千駄ヶ谷の通りを見下す。
被害の気配はない。

だが人影もない。鳥も啼かない。あたりはしんと静まっている。

と、蹄の音が響いた。

馬だ。一頭の白い馬がどこからともなく路上に現れて

浴衣姿のまま窓際に立っている彼を見上げた。

頭部には革紐が巻かれ、手綱は無人の背中にかかっている。

鞍の鐙の部分から何かが垂れ下がっている。

彼はつと身を乗り出す。

軍刀だ！

鉄鞘は隆々と反り返り、柄頭には小さな銀色の切片が付着している

菊花定紋だろうか……？

馬は微動だにしないのに、刀は音もなく揺れ続け

繰り返し太陽の光を捉えては

彼の眼を撃った。

2

「支那とゴタゴタが起こりましたね。東京では毎日二・三度号外が出ます。地震も可なりありますが、大したことではありません」

母・中原フク宛ての書簡で中也が触れている地震とは

昭和六年九月二十一日午前十一時十九分五十九秒
埼玉県大里郡寄居町付近を震源として起こったマグニチュード６・９の
「西埼玉地震」（死者16・家屋全壊２０７）のことであるが

その前年の十一月には北伊豆地震（Ｍ７・３、死者２７２・家屋全壊２１６５）
そのさらに三年前には北丹後地震（Ｍ７・３、死者２９２５・家屋全壊１２５８４）
また翌々年の昭和八年三月には三陸沖でマグニチュード８・１の地震が発生
死者３０６４・家屋倒壊１８１７、津波による家屋流出４０３４という
甚大なる被害を齎した、直後の書簡で宮沢賢治のいわく
「海岸は実に悲惨です」

賢治は三陸沖地震から半年後の奇しくも九月二十一日に没し
「大したことではありません」の中也もその四年後にはこの世を去るのだが
地震は詩人の死などお構いなしだ

昭和十一年には宮城県沖地震、十三年には茨城県沖・東シナ海・福島県沖と三件連続
第二次世界大戦中もほぼ毎年死者千人を越える地震が発生して
非常時とはいえ地震が時局柄自粛する訳もない

憲法が変わろうが糸へン特需に湧こうがバブルが弾けようが年号が変わろうが
M7強の地震はその後も二年に一度のペースで発生し続けて
阪神淡路を経て3・11東日本大震災へと到る

歴史感覚というものをそもそも持ち合わせていない
政治や経済についても頓着しない
という点で地震と詩人は似ていなくもない

過去もなければ未来もないひたすら常なる現在の揺籠のなかで

どちらもうつとり夢見がちな眼開いて
自らの裡から繰り出される振幅に身を委ねている

3

秋の夜に、
僕は僕が破裂する夢を見て目が醒めた。

人類の背後には、はや暗雲が密集してゐる
多くの人はまだそのことに気が付かぬ

西埼玉地震の翌日中也は立て続けに三篇の詩を書いている
いずれも題名はない、右に引用したものは
その最初の一篇の冒頭である

支那といふのは、吊鐘の中に這入つてゐる蛇のやうなもの。
われ等のヂェネレーションには仕事がない。
がそれぞれ二篇目と三篇目の冒頭である

中也は詩のほかには酒を飲んで論争を吹っ掛けるくらいの
無為の人だったので一日に三篇詩を書いたからと云って驚くべきではない
だがその内容が時事に関わっている点が異色である

支那といふのは、吊鐘の中に這入つてゐる蛇のやうなもの。
日本といふのは、竹馬に乗つた漢文句調、
いや、舌ッ足らずの英国さ。

今ニァ人は事変を起した。
国際聯盟は気抜けた義務を果さうとしてゐる。
これが二篇目の続きである

西埼玉地震の起こる三日前の昭和六年九月十八日に満洲事変が起こっている
九月二十三日には国際連盟の緊急理事会が招集され、一週間後には
満洲事変解決を日中両国に要望する決議案（！）を採択
「支那政府は（中略）日本臣民の安全及び其の財産の責任を負う」という

日本の侵略行為を半ば容認するかのような内容だった
中也が「気抜けた義務」と書いたのはそのことを指しているのだろう
日本はちつとも悪くない！
吊鐘の中の蛇が悪い！
軍指導者の得意顔が目に浮かぶようである
だがもし平和な時の満洲に住んだら、
つまり個人々々のつきあひの上では、
竹馬よりも吊鐘の方がよいに違ひない。

中也をしてこう言わしめたものは何なのだろう？
同胞への近親的な嫌悪だろうか　攻め込んでいった方よりも
やられた方の肩を持つ判官贔屓か

いずれにせよ政治的な立場表明ではないだろう
博愛的ヒューマニズムでもあるまい
もっとこう生理的で直観的な、それだけに根の深い……

あゝ、僕は運を天に任す。
僕は外交官になぞならうとは思はない。
彼は事変を伝える新聞を放り出す仕草をする

そしてこんな風に詩を結ぶのだ
個人のことさへけりがつかぬのだから、
公のことなぞ御免である。

4

ウー……と、警笛が鳴ります、ウウウー……と、
皆さん、これは何かの前兆なのです、皆さん!
屹度何かが起こります、夜の明け方に。
屹度何かが――

5

僕は外交官になぞならうとは思はない
と書いた中也だが当時彼は外務書記官となることを目指していて
東京外大専修科仏語部に入学したばかりだった

同年十一月の友人宛の書簡には「僕も今の学校で
大いに勉強して、大使館書記生の試験を受けます」と書き
実際二年後には外語を修了している

詩人・佐々木幹郎はその著書『中原中也』のなかで
落第して世間体を重んじる父親から故郷を追い出された少年中也が
「出世」という言葉に拘っていることに注目している

併しまだ私には出世したい野心がある（小説「その頃の生活」より）
佐々木はその「野心」を大逆事件を起こした同時代の青年と関連付けつつ
「父の信ずる価値観へのテロリズム、ひいては郷里へのそれ」

と中也の故郷喪失の原点に重ねている
二十代半ばにして外務書記官となることを目指す中也の「野心」も
社会的な地位を得るという「出世」ではなかった筈だ

彼はただフランスへ行きたかっただけなのだ
あるいは「洋行」を口実に窮屈なニッポンの現実から脱出すること
文字通り「世を出る」ための出世……

Anywhere out of the world
真面目臭つてゐられるかい。
その頃の詩に登場する科白である

だが外語を卒業しても中也は外務書記官には志願しない
別の形でフランス行きを画策した形跡もない
その代わりに彼は卒業した年の暮れ遠縁の娘と結婚するのである

結婚することで
公のことなぞ御免でも、少なくとも

個人のことにはけりをつけるつもりだったのか……

6

世界は、呻き、躊躇し、萎み、
牛肉のやうな色をしてゐる。
されどなお世界について語らざるを得ぬ詩人

われわれのゐる所は暗い、真ッ暗闇だ。
われわれはもはや希望を持つてはゐない、持たうがものはないのだ。
未練がましく一人称複数形で書く詩人

7

西埼玉地震が関東一円を揺らした翌日
中原中也が立て続けに三つ書いた最後の詩も
個人ではなく公についてだ

われ等のヂェネレーションには仕事がない。
急に隠居が流行らなくなつたことも原因であらう。
若い者はみな、スポーツでもしてゐるより仕方がない。
文学者だつてさうである。

年寄同様何にも出来ぬ。

「昭和四年一〇月、ニューヨーク株式市場の大暴落を契機として世界恐慌が始まり、昭和五年に日本にも波及。昭和恐慌と呼ばれ、不況状態は昭和七年頃まで続いた（中略）失業者は全国で四〇万人に近かった」（『新編中原中也全集』解題より）

中也自身は一生実家からの仕送りを受け続け
ついに一度も自らの手で生活費を稼ぎだすということがなかった
そんな男に余裕綽々「われ等のヂェネレーションには仕事がない」などと
と云われては立つ瀬のない者も少なくあるまい
ちなみに宮沢賢治が手帖に「雨ニモマケズ」を書きつけたのはこの年の十一月三日

小林多喜二が特高に拷問の末殺されたのはその一年半後のことである

8

同世代の若者たちが命を賭けた社会主義革命から遠く
プロレタリア文学運動からも遠く
そもそも自らの詩に読者の存在を期待すらしていないような男が

（地震に揺すぶられた次の朝）
平和な時の満洲に住む個人々々に注ぐまなざし
同胞のヂェネレーションに送る連帯

だがそういう呑気な床屋談義などではない
まったく異なる種類の「世間」が中也にはあったのではないか
もっとこう、のっぴきならない、身を切るような——

朝鮮女の服の紐
秋の風にや縒れたらん

街道を往くをりをりは
子供の手をば無理に引き
顔顰めし汝が面ぞ
肌赤銅の乾物にて
なにを思へるその顔ぞ
――まことやわれもうらぶれし
こころに呆け見ゐたりけむ
われを打見ていぶかりて
子供うながし去りゆけり……
軽く立ちたる埃かも
何をかわれに思へとや
軽く立ちたる埃かも
何をかわれに思へとや……
・・・・・・・・・・・

結局のところ、中也が「出世」して行ったのは
遠くにありてのフランスではなく
ひとりの在日外国人のまなざしのなかへだったのではあるまいか

9

それにしても「朝鮮」ならば
一発変換できるというのに「支那」は「基地外」同様
漢字変換できないのはどういうわけだ？

マイクロソフト社による自主検閲であろうか
「支那」と書こうとするたびに
「ささえる」「なち」と打ち込まなければならないなんて！

10

地震は波だ
時代を越えて
歴史を揺らす
不況も波だ

昭和恐慌、黒い月曜、リーマン兄弟
忘れた頃にやってくる

地震と不況の
波に揺られて
眠れよ眠れ、母の胸

地震と不況の
こころよき歌声に
むすばずや楽し夢……

幾時代かがありまして
　茶色い戦争ありました

明治天皇御大葬、あゝあの頃はほんによかつた、
僕は生き神様が亡くなられたといふことはどんなことだか分らなかつた。

地震は波だ

不況も波だ
人類の赤子を抱いて

ねんねんころり——
秋の夜に、
僕は僕が破裂する夢を見て目が醒めた。

11

去年の夏、中也の故郷
湯田の町を訪れた
彼の詩を英語に訳して発表するためだった

伊藤比呂美、ジェフリー・アングルス、アーサー・ビナード
と四人で温泉にでも浸かりながら和気藹々と
訳すつもりが座が荒れて難儀した

比呂美ジェフリー私の三人はできる限り

中也の原文に忠実に訳すことを心掛けたのだが
アーサーは自分流の解釈を訳文に直接打ち出そうとして一歩も譲らず

お蔭で最初の一行を訳すのに一時間を費やす有様なのだった
「ニュートラルな訳し方なんてあり得ないんだよ」
と口角泡飛ばしやさぐれた無精ひげの

落武者めいたギョロメを剝いて睨むのだった
大体初日には遅れてくるは事前の連絡や準備作業を完全に無視するは
才気煥発なれど共同作業に向いている性格とは云い難い

女詩人は眦吊り上げ大学教授は腰が引けどうにかこうにか
訳文を揃え公開座談会まで漕ぎ着けたのは
長年の会社勤めで鍛えた私の調整能力によると自負しているのだが……

「ニュートラルなんて幻想なんだよ」
半年経った今でもその声が耳にこびりついて
離れないのはなぜだろう

12

夜更けの湯船に身を沈めて思い出す光景のように懐かしく切ないのは？
初日が終わり近くの料理屋で「獺祭」などを酌み交わせば
昼間の鬼の形相は人懐っこい笑顔に変わって

アーサーは原発と普天間基地と環境汚染について語った
それでも私が何かの弾みで「中也は政治的な詩は書かなかったが」と云うと
「中也は政治的。政治的でない詩人なんて存在し得ない。

詩人は存在そのものが政治的なんだよ」
とまたムキになって言い募る
生きていた頃の中也は酒場で論争を吹きかけては

体格では勝てる筈のない相手に自ら殴りかかっていって
逆に殴り倒されたりしていたらしいが
案外アーサーみたいな奴だったのかもしれない

最終日の公開座談会の席では
仲良く四人雛壇に並んで訳文の成果を発表した後
各人がそれぞれ自分の好きな中也の詩の翻訳を紹介することになった

私が選んだのは「支那といふのは、
吊鐘の中に這入つてゐる蛇のやうなもの。」だった
折しも世は尖閣だの集団的自衛権の解釈変更だのと騒がしかったので

時宜を得た作品だと思ったのである
「日本はちつとも悪くない！　吊鐘の中の蛇が悪い！」の部分は
Japan did nothing wrong! The snake in the bell is to blame! と訳して

地元の在郷軍人にでもなった気持ちで（英語でも日本語でも）
壇上からドラ声を張り上げて朗読してみた
そして会場の聴衆にこう語った

「私はもう三十年近く前に日本を離れまして、ずっと外国に住んでいます。その間、日本

という国は相当変わった。僕自身も当然変わっているんですけど、日本に帰ってくるたびにその落差が段々気になってきて、個人個人の付き合いとしてはいいんだけれどちょっと離れて社会として見た時にはもう付いていけないようなところがある。こういう詩を書いた中也こそが、自分にとっての祖国だという思いがあるのだけれど、日本という国のなかで中也的なるものは衰弱し、破壊されている気がするんです」

China is like a snake coiled up in a hanging bell
Japan is a classical Chinese verse riding on stilts,
Or rather, England with a lisping tounge.

Now the two are in conflict.
The League of Nations is showing half-hearted effort.

Japan did nothing wrong!
The snake in the bell is to blame!

But if you were in Manchuria at a time of peace,

In other words on the basis of person-to-person relationships,
You would be certainly better off with the hanging bell rather than the stilts.

Oh, just leave it to chance.
I don't care to be a diolomat.

I can't even handle my personal matters,
I want nothing to do with public matters.

13

その後で懇親会が開かれた
主催者である中原中也記念館の館長さん以下職員や
中原家に連なるという人の姿もあった

ちなみに会場というのは中也記念館の向かいの大きなホテルで
中也の生地跡からも目と鼻の先の距離だったが
その辺りは「中也通り」ともいうべき様相を呈していて

「中也饅頭」だったか「中也煎餅」だったかが売られているのだった
懇親会の途中で「中原中也友の会」の会長でもある
佐々木幹郎がビール片手に私に云った

「君が『日本は悪くない！』と読んだあの読み方で
中也の本心がはっきり伝わってきたね」
「ええ、あれは批評性をこめた朗読だったんです」と私は答えた

それから日本に何十年も暮らしていて
地元の大学で教えているというアメリカ人の男が近づいてきて
「四元さんがさっき日本について話されたことを

私は私の祖国であるアメリカについても感じているんですよ。
私が生まれ育った時代のアメリカと今のアメリカは
同じ国だとは思えないくらい違う。

アメリカに帰省するたびに息苦しさが増してゆくんです」

と流暢な日本語で話した。
私は私の数少ない同胞に会った気がした

アーサーはどうしているかと会場を見回したら
無精髭を剃ったつるんとした顔に
いかにも躾の良い米国中西部の好青年という笑顔を浮かべて

日本の世間と交わっているのだった
今度この国が戦争を起こして官憲が弾圧に乗り出すならば
彼なんか真っ先にしょっぴかれるんじゃないか

私は生き延びるだろう
右に向かっても左に向かっても如才のない
「ニュートラル」な会釈をしながら

14

ウー……と、警笛が鳴ります、ウウウー……と、皆さん、これは何かの前兆なのです、皆さん！
屹度何かが起こります、夜の明け方に。
屹度何かゞ夜の明け方に、起こると僕は感じるのです

詩人も政治家や会社員や魚屋かヤクザのように
現代という時代を生きている
と云えるのかどうか

詩人は詩を書いている時だけが詩人であって
それ以外のときは一市民に過ぎないということもできるだろうし
詩を書いている時（もしそれが本当に優れた代物なら）
その時は現代などという枠を超えて永遠に連なっている
とも云えるのではないか、だとすれば
詩人は現代には生きられない？
だが詩人をして詩を書かせるのは
詩を書いていない時間のあらゆる体験なのであり

その積み重ねの果てに例えば
秋の夜に、
僕は僕が破裂する夢を見て目が醒めた、という一瞬に到るならば
詩人も現代から逃げられない？

詩は言葉によって書かれるしかないが
言葉は過去の泉から湧き出して
現代の日向に揺れている

ダンテの現代、ゲーテの現代、芭蕉の現代、中也の現代……
言葉は現代に汚染されつつ
現代から養分を得て生き延びている

生きている限り
吸った息は吐かねばならぬ
吐けばそこに言の葉の繁るのが詩人の悲しき性だとすれば

むしろ汚染水に自らどっぷりと身を浸し
変異に変異を重ねた畸形の花鳥風月を歌ってみようか
薬が無理ならせめて毒をと！

15

さっきまで彼がいた二階の手摺りも
彼の姿はもう消えている
地震は収まった

軍刀共々
通りの向こうへ走り去った
白い馬も身を翻して

ただしっとりと
黒く濡れていた馬の眼のまなざしだけが
宙に吊り下げられている

覗きこんでも
何も見えない
聴こえない……

空の空
まだ歴史が始まる前の
始原だろうか

それとも一寸先の
闇の向こうにさんざめく
未来だろうか

音もなく吹きつける
微風のなかで
〈詩〉がまどろんでいる

叙情の虐殺

単調に、ぼたぼた、行こうよ
がさつに、粗暴な音声をふり立てようよ
国会議事堂前よりも寂しいピカチュウのうぶすなで
真空掃除機に跨って

島国日本か？　世界ニッポンか？
エピカルはリリカルへの反動であり逆説された情緒にして……
ごらんよ、詩の入江が真っ赤に染まっている
撲殺された形容詞の猫たちの流血で

西條八十「起て一億」
三好達治「決戦の秋は来たり」
佐藤春夫「一億総進撃の歌」その他続々

……誰ひとり「ちんちん」や「まんこ」は歌わなかったんだな

言葉は怒ってるってことをくどくど説明するしかないけど
本気で怒ったら女は黙りこむ
男にはもう抱くか泣くかほか術がない
音律美なんて屁のつっぱりにもなりやしない

単調に、ぼたぼた、行こうよ
がさつに、粗暴な音声をがなり立てようじゃないか
染みだらけの赤絨毯に
泥猫を埋めて

＊萩原朔太郎『詩の原理』および金子光晴からの引用あり

「自由」詩概観

武蔵野を風が吹き渡ってゆく
「見事な森じゃないですか」俺は云った。
「百年前の日本には、こんな自然があったんですね」
「いや、自然じゃない。余がここに見るのは――」
独り歩を進めながら彼が云った
「――自由だ」
「自由？」
「然り。自由！」
国木田は眼を閉じると朗々と吟じ始めた
「山林に自由存す／われ此句を吟じて血のわくを覚ゆ／
　嗚呼山林に自由存す……」(1)

梢に蟬が鳴いていた

叢からは虫の声も聞こえた
千草の花の間を一羽の蝶が飛び回っている
「北村さん」俺は声をかけた
「何が見えます？　いやあの、自由とか、見えます？」
「自由？」
透谷は苦々しげに顔を歪めた
「自由なんてものがこんなところにあるものか。
君、自由ってのはね、法律のなかにしか存在しないのだよ。
だが我が民権運動はもうおしまいだ」
彼は空ろな眼で空を仰いだ
「けさ立ちそめし秋風に、
『自然』のいろはかわりけり、か……」(2)

「板垣死すとも自由は死せず！」(3)
胸に突き刺さったナイフを握りしめて男は叫んだ
「庶民の味方であり、プロテスタントのキリスト教徒であり、
私財も投じて自由のために戦ったあなたが」俺はマイクを突きつけた
「征韓論者とはいかなる次第か？」

「あんた分かってねえなあ」担架で運ばれながら、退助は呆れたような声を出した

「自由運動とナショナリズムはいつだって背中合わせなんだよ」

「我々が求めている自由とは

政治的な自由ではない！

思想上の自由ですらない。

それは表現の上での自由、いやいや

表現の自由じゃないよ、表現そのものからの

逃亡としての自由なのだ！」

新体詩人たちがデモ行進して気勢を上げていた

「つまりそれは定型詩に対する自由詩ってことですか？」

「そうとも云えるが、本質的には

文語に対する口語だよ」柳虹がコメントを返し

「言文一致ってこと」逍遥が引き取った(4)

「人間の意識は言語で出来ている

言語の檻に閉じ込められていると云ってもよい

そして我々にとっての言語とは日本語にほかならない
とすれば日本語の外へ出てゆくことで
我々は我々自身から解放され
世界を更新することができるはず
それこそが詩でなくてなんであろう！」
辞書を小脇に汽船から降りてきた文学者たちが波止場に並んだ
「だからわたしはツルゲーネフ」二葉亭が云った
「余はゲーテにアンデルセン」鷗外が云った
「僕はフランス象徴詩」上田敏が云った
「吾輩は猫である」漱石が云った

足元がぐらぐらした
すわ地震、かと思いきや
地面からにょきにょき竹が生えてきた
野良犬どもが月に吠え
おわあ、おわぎゃあ、まっ黒けの猫が屋根にのぼった
「のすたるじあー」マンダリンを掻き鳴らして男が歌った
「きょむー、昼下がりのビアホールの、きょむー」

「朔太郎さん、あなたにとって『自由詩』とは何だったのですか？」

「自由詩は韻律の形式に拘束されない。故に自由であり、自然である、などと云う奴がおるが、とんでもない」男は怒り始めた。

「自由詩とは『不自然』な表現なのだ！」

「とおっしゃいますと？」

「原始人にとって詩は歌であった。我らの祖先は詩を書いたりしなかった。歌ったのだ」（マンダリン伴奏）

「はあ」

「しかるに歌とはリズムとメロディから成っている」

「そうですね」

「詩が歌から離れて言葉だけになった時、というか声が文字になった時、メロディは失われた」

「ええ、ええ」

「だがリズムは残った！　それが定型詩であり、韻律なのだ。しかるに自由詩とは、敢えてリズムを拒み、失われた筈のメロディを文字に取り戻そうとする試みである。即ちそれは、不自然極まりない言葉の黒魔術なり」

「なるほど」

「よってそれは万人のものではない。選び抜かれた一握りの天才のみに許されたものなのだ」
歌と詩、声と文字、リズムとメロディ、凡人と天才……
萩原朔太郎は二項対比の人であるらしい
「定型詩は形式、すなわち空間、すなわち絵画、これに対して自由詩は流れ、すなわち時間、すなわち音楽。
前者が骨格ならば後者は肉づき！
漠然と、水ぶくれして、ふわふわで、しまりがなく薄弱で、微温的で、ぬらぬらした脂肪の塊、
世紀末に生まれた畸形の詩形、
醜悪なる軟体動物、
自由詩とは決して自然でも健康でも自由でもない
否、詩的ですらない
要するに全く散文的な代物なのだ(5)」

「もうひとつだけお尋ねします。あなたにとってずばり『詩の自由』とは？」
「やっぱ自由主義の精神じゃないかな」

「それは政治的な意味で？」
「まあそう云えんこともないが」朔太郎はにやりと笑った
「政治は政治でもこっちは文壇政治じゃ。
保守的形式主義への叛逆じゃあ。
似非象徴派、糞リアリズムの自然主義
三木露風一派を放追せよ！」
目が吊り上がっていた
「要するに、『思ひ出』以後の日本詩壇に棲息して
その空気を甚だしく腐らせたものは
三木露風氏、及びそれと共通の悪癖をもった
似而非象徴詩の作家である
我々は今後協力して
かくの如き汚物を詩壇から追放し
新しい光栄の日を迎へるために
いそしまねばならない(6)」

「落ち着いてください」
俺は肩で息をする男に向かって云った

「あなたはそうやって自然主義文学を眼の仇にして
社会的なリアリズムよりも個人的な感情、
叙事より抒情に身を捧げた。
でもそのとき『思想』はどうなったんです？
詩に『批評』を取り入れること
詩によって陶酔ではなく覚醒すること
言語で現実に立ち向かい
新しい世界を切り開いてゆくことこそが
詩人たちの目指すべき『自由』ではなかったのですか」
「思想？　批評？」
男は西洋人めいた仕草で肩を竦めた
「そんなものは君、
小説にでも任せておけよ」

話しこんでいると
足元が再びぐらぐらした
また竹かよ、と思っていたら
今度は本物の地震だった

マグニチュード8のどでかい奴だ
日本民族の華奢な骨格と貧弱な筋肉そして
肌理の細かい皮膚には到底受け止められる筈もない
広島の原爆の何千何万発分というエネルギーの大放出である
国家の中心が一瞬にして空洞と化した
人の心も鰯の頭も真っ白けの空っぽになって
民権運動も自由平等もキリスト教的博愛も自然主義も社会主義も吹き飛ばされた
だがそのどさくさに紛れて
国家と人民の不随意筋はぴくぴくと震えながら仕事をなした
大杉栄と伊藤野枝とその六歳の甥っ子を絞め殺して井戸に放り込んだ[7]
亀戸では平澤計七ら十名の労働運動指導者を刺殺した
（計七の首を斬り落とすジハード・ジョン[8]）
各町内には自警団と関所を設けて
云ってごらんよ「十五円五十銭、ガギグゲゴ[9]」
歌ってみたまえ「君が代は♪」（ロパク厳禁）
朝鮮人を虐殺した
（ナチスはユダヤ人と共産・社会主義者のみならず
同性愛者や被差別民まで「浄化」したが、我が国ではどうだったのだろう？）

そして津波がやって来た
万人の心の真空に吸い寄せられたのだ
キモチの波だ　コトバの波だ
ビラが撒かれた　チラシが舞った（あ、ヨイヨイ）
『日本未来派宣言運動』（於日比谷公園前）
『全日本無産者芸術連盟』（全国各地）
シュールレアリスムにダダイズム
プロレタリアにアナーキズムにモダニズム
ゲエ・ギムギガム・プルルル・ギムゲム(10)！
カネコミスズハコダマデショウカ？
それは表現の氾濫であり
「日本」という言説サイトの炎上（祭り）だったが
表現とはあくまでも表層的なものなので
空洞の内部を埋めるというより
そのまわりにぺたぺた貼りつくばかりであった

「ぼく、もう帰る」

心細さそうな声がした
「あ、朔太郎さん、まだいらしたんですか」
「でも、どこへ帰ればいいんだろう
ぼくらはあまりに長い間外をほっつき歩いていた
いま家郷にもうかつての面影はなく
軒は朽ち、庭は荒れ、
日本的なる何物もなし
すべては失われてしまった」(11)
表現の瓦礫を掻き分けながら
男は「文語」と「散文」の方へ歩いていった

小首をかしげて、
日本の詩の若くて細い首をかしげて。

入れ違いに「強権」がやってきて
立札を立て始めた(12)
「明治十五年旧刑法百十六条大逆罪」
「明治十七年太政官布告第三十二号爆発物取締罰則」

「大正十四年四月二十二日法律第四十六号治安維持法」
「昭和二十七年七月二十一日法律第二百四十号破壊活動防止法」
「平成二十五年十二月十三日法律第百八号特定秘密保護法」
「平成二十七年九月十九日平和安全法制整備法及び国際平和支援法」
「平成二十九年法案提出予定共謀罪」
「自民党憲法改正草案第九十八条に基づく国家緊急事態法」

立札の根元には相変わらず夥しい紙片があって
拾い上げれば地球に優しいエコ再生紙
「辻詩集」「八紘社」「日本文学報国会」などと刷られたページの
裏には昔懐かし「表現」の豪華絢爛色とりどりが
今やすっかり漂白されて
葉脈の透かし模様と化していた
──と、俺の指から
紙片がひらりと宙に舞った

一陣の風が立札の間を吹き抜けてゆく
無数の紙片が翻る

〈…………『自由』存す〉
〈……『自由』は死せず〉
〈………『自由』は不自然なり〉
空ろな声が響き合っていた
だがひとつとして人の姿は見えなかった

「どうすれば、ここから出てゆくことができるのだろう?」

前方三メートルほどの
言葉でぎっしり犇めき合っているのに
そこだけ奇妙に透明な空間を俺はじっと見つめた。

註
(1)国木田独歩「山林に自由存す」(『抒情詩』一八九七年)
(2)北村透谷「眠れる蝶」(雑誌「文學界」一八九三年第九号)
(3)一八八二年四月、自由党の党首として岐阜で遊説していた板垣退助が、暴漢に襲われた際に血を流しながら発したとされる言葉。その五年前、板垣は朝鮮国を武力で制圧することを主張したが、岩倉具視ら穏健派によって退けられたため、激憤して西郷隆盛とともに下野。これに賛同して官僚六百余名が職を辞して抗議したことがきっかけとなって、自由民権運動が始まった。

（4）坪内逍遥に刺激を受けた二葉亭四迷の小説から始まった言文一致運動は、詩においては川路柳虹が一九〇七年に発表した「塵塚」によって、初めて口語自由詩を達成した。

（5）萩原朔太郎「自由詩のリズムに就いて」（詩集『青猫』付録、一九二三年）

（6）萩原朔太郎「三木露風一派の詩を放追せよ」（雑誌「文章世界」一九一七年）

（7）甘粕事件（大杉事件とも云う）関東大震災直後の一九二三年九月十六日、アナキスト大杉栄と内縁の妻伊藤野枝、大杉の六歳の甥橘宗一の三名が憲兵隊特高課に連行され、殺害された。

（8）亀戸事件。同じく震災直後の九月三日、社会主義者平澤計七、川合義虎ら計十名が、労働争議で敵対関係にあった亀戸警察署に捕えられ、習志野騎兵隊によって刺殺された。殺害後、平澤計七の首は斬り落とされたと云われる。ちなみに、これらの事件に先立つこと十三年、一九一〇年五月にはいわゆる大逆事件が起こり、社会主義者幸徳秋水らが明治天皇暗殺を企てたとして検挙、二十四名が死刑となった。

（9）関東大震災直後、「内朝鮮人が暴徒化した」「井戸に毒を入れたり、放火して回っている」という流言が広がった。朝鮮人かどうかを判別するために国歌を歌わせたり、朝鮮語では語頭に濁音がないことから、「十五円五十銭」や「ガギグゲゴ」を言わせ、うまく発音できない者は朝鮮人と見做して暴行、殺害した。

（10）一九二四年野川孟、隆兄弟によって創刊された前衛文芸誌。ここからシュールレアリスム運動へと展開し、北園克衛や稲垣足穂らを輩出した。

（11）萩原朔太郎「日本への回帰――我が独り歌へるうた――」一九三七年

（12）石川啄木は「時代閉塞の現状（強権、純粋自然主義の最後および明日の考察）」と題した文章のなかで、国家権力の強大化とともに時代の閉塞感が増し、若者たちの間に「自己否定」や「哲学的虚無」の傾向が見られることを指摘した上で、次のように主張した。「かくて今や我々青年は、この自滅の状態から脱出するために、ついにその『敵』の存在を意識しなければならぬ時期に到達しているのである。（中略）我々はいっせいに起ってまずこの時代閉塞の現状に宣戦しなければならぬ。自然主義を捨て、盲目的反抗と元禄の回顧とを罷めて全精神を明日の考察——我々自身の時代に対する組織的考察に傾注しなければならぬのである」

舟君——大岡信『紀貫之』を読みてよめる

板の底から荒波が衝き上げてくる
船は風に流されてゆく
床[一]に這いつくばって人々は吐き合っている
ここには山なんかないのに嵐[二]と云う字には山があるとか
波[三]しぶきは舞い散る桜に見えるけれど今は春ではなく冬なのだとか
相も変らぬ歌ばかり

舟君は黙って海を見ている
五色[四]に足りない最後の一色を探しているのだろうか
眼の前に広がる夕焼けにはすべての色彩があるというのに
その耳には風の唸りや波の轟きまでが
三十一文字[五]に響いているのか
女のように細い手を今日も墨で汚したままで

平仮名からわたしを捏ね上げた口舌の人
自分は女の股から産まれたくせに
生きることを言葉に置き換えることに一生を賭けてきた男
回想に耽り異国の歌の風物に目を奪われて
一瞬たりも〈今ここ〉に留まれない浮気なココロ
老[六]海鼠のつまやら脛の鮑なんかを上の空で頬張りながら

自分で歌うだけでは満足できなくて
彼は他人にも歌を強いる
実[七]直な商売人にも無学な船頭にもいたいけな幼児にまで
所[八]を見るにえまさらずとこき下ろしたりまめなることと[九]持ち上げたり
ゲーテもすなる「居候趣味[一〇]」、他人の生の実感を
寝取る言霊パラサイト

彼は「詞書」のフェチである
「む[一一]めの花ををりて人におくりける」のわずか半行で
絢爛たる物語の扉を開いた気でいる

詩歌の嘘に絞りかける散文的真実のレモン汁一二
匿名的な夜空に散りばめられた固有の星のはかない瞬き
「君ならで」と熱く囁きかけた相手の女の素顔もまだ知らなくに

……声が聴こえる
海の底に沈んだ丸い地球から
舟君の裏声とは違う野太い人間の声が聴こえる
歌うのではなく語ってる嘆くのではなく悲憤慷慨一三している
一四何人寒気早　天骨去来貧の政治的現実を
一五唯獨曲肱眠　魚観生竈窯の実存的孤独を
硬い漢字の礫に託して独り天の彼方に放っている

土佐から戻ってきた彼と違ってついに京へは帰れなかった人
ハレよりもケ美よりも義もののあはれよりも人類的な連帯に殉じた人
舟君にとって現実とは歌に添える屏風絵でしかなかったけれど
あの人は同時代の主題として真っ向から引き受けた
一六竹に巻かれた昆布とばら撒かれる核物質を同じ眼で眺めて
〈己〉を曝け出したフォークのヒーロー

わたしはその人の成れの果てだ
線をほどかれ角をまるめられ表意をひきはがされて
歌い語りを調教された「悲しき玩具」
夜毎筆のすさびに弄ばれてあられなテニヲハの喜悦を洩らす
わたしを抱くことで舟君は復讐しているのだろうかヒコクミンな先輩詩人に
それとも弔っているのかこち吹かば[一七]

匂ひおこせよ梅の花主なき後に広がる和歌連歌俳句新体詩口語自由詩から
現代詩へと到る海原を漂っているあてどない影見れば[一八]
波の底なるひさかたの空漕ぎ渡る我ぞわびしき
と舟君の言うその〈我〉ってどこにあるの？
[一九]花になくうぐひす？　水にすむかはづ？[二一]
[二〇]主語足りず詞余りてみだりに繋るよろずの言の葉

コトバのない国へ行きたい
まだ一度も詠まれたことのない風景のなかに寝っころがりたい
この世で最後の詩が書かれたあとの静けさに包まれて

風力発電所の廃墟を見上げていたい
「手[二二]といふ名辞を口にする前に感じてゐる手」だけを思ひやる心[二三]で
海を渡って文なき大地へ——

結局、舟君が求めているのは不死なのだ
人[二四]なくなりにたれど、うたのこととどまれるかな
たのしびかなしびゆきかふとも、このうたの文字あるをや
女の柔肌に縋りつくあの人の掠れた肉筆
性差と違って生死は御し難いのに
旅の終わりはさすがにの蜘蛛[二五]の振舞いかねて著しも
と[二六]まれかうまれ、とく破りてむ。

註

一　男も、ならはぬはいとも心細し。まして女は、舟底に頭をつきあてて、音をのみぞなく『土佐日記・舟歌うたひて』

二　吹くからに四面の草木の萎るればむべ山風をあらしといふらむ　文屋康秀　『古今集・仮名序』において貫之はこの歌を「ふんやのやすひでは、言葉巧みにて、そのさま身に負はず（中身がない）。いわば商人のよき衣着たらむがごとし」と酷評している。

三　風による波の磯には鶯も春もえ知らぬ花のみぞ咲く　『土佐日記・立つ波を雲か花かと』

四　ところの名は黒く、松の色は青く、磯の波は雪のごとくに、貝の色は蘇芳に、五色にいま一色ぞたらぬ。『土佐日記・五色に一色ぞたらぬ』

五　聞くひとの「あやしく歌めきてもいひつるかな」とて、書き出だせれば、げにみそもじあまりなりけり。『土佐日記・住の江の松』

六　何の葦蔭にことづけて、老海鼠《ほや》のつまのいずし、すし鮑《あわび》をぞ、心にもあらぬ脛《はぎ》に上げて見せける。『土佐日記・雲もみな波とぞ見ゆる』　大岡信はその著書『紀貫之』のなかで「ここに出てくる老海鼠は、なまこに似た海産動物で、男性の象徴を思わせる。（中略）『つま』はまた『妻』でもあって、『ほやの妻である貽貝』という含意が当然であろう。貽貝もあわびも、女性の象徴であろうから、右の一節にいう『ほやのつまのいずし、すしあわび』は、女性の隠しどころということになる」と述べつつ、女のふりをして『土佐日記』を書いた貫之が、ここでうっかりと男の筆を滑らせたと見るよりも、むしろ自分が著者だと知れ渡ることを予期した上での確信犯的な男性サービスという解釈を取っている。

七　『土佐日記』「舟歌うたひて」「いたづらに日を経れば」など

八　『土佐日記』「舟歌うたひて」の項で、貫之は「舟人のよめる歌」、すなわち自分の詠んだ「見渡せば松のうれ毎にすむ鶴は千代のどちとぞおもふべらなる」という歌を、自ら「この歌は、ところを見るにえまさらず（この歌は実景の美しさに及ばない）」と貶している。

九　貫之は『古今集仮名序』で、「はかなき（趣味的な）」歌ばかりが詠まれ、「まめなるところ（実生活に直接関係すること、公式の場所）」の歌が表だって詠まれないようになっている「今の世の中」を嘆いている。

一〇　トーマス・マンは晩年のゲーテを主人公とした『ワイマールのロッテ』のなかで、『若きウェルテルの悩み』の登場人物ロッテのモデルとなったシャルロッテ・ケストナー婦人に、自ら恋愛するよりも他人の恋愛を観察することを好むウェルテルひいてはゲーテ自身の性向を、「居候趣味」と呼んで非難させている。

一一　むめの花をゝりて人におくりける　君ならで誰にか見せむ梅の花色をもかをもしる人ぞしる　紀とものり『古今集38』

一二　ミラン・クンデラ

一三　「中国の詩の成立の条件には、必ずといっていいほど、慷慨の志があるといわれる。吉川幸次郎氏はこの慷慨を、大略『社会的連帯感を中心として、人類の運命に対する感覚である』という風に定義し、花鳥風月を詠ずる場合も、どこかにそれがかげろわないと、中国では詩にならない、しかるにわが国では、すでに懐風藻においてさえ、慷慨の志が詩の中に表現されることはきわめて乏しかった、と指摘する」大岡信『紀貫之』「道真と貫之をめぐる間奏的な一章」

一四　菅原道真「寒早十首」何れの人にか　寒気早き／天骨　去来貧し　大岡信『日本の詩歌——その骨組みと素肌』より

一五　菅原道真「叙意一百韻」ただ独り肱を曲げて眠る／魚観竈釜に生る　同右

一六　菅原道真「讀家書」竹には昆布を籠めていもひの儲けと記せり　同右

一七　菅原道真　こち吹かば匂ひおこせよ梅の花主なしとて春を忘るな

一八　影見れば波の底なるひさかたの空漕ぎわたるわれぞわびしき『土佐日記・立つ波を雪か花かと』

一九　花になくうぐひす水にすむかはづのこゑをきけば、いきとしいけるもの、いづれかうたをよまざりける。『古今集・仮名序』

二〇　在原業平は、その心あまりて、言葉足らず。しぼめる花の色なくて、にほひ残れるがごとし。『古今集・仮名序』

二一　やまと歌は、人の心を種として、よろづの言の葉とぞなれりける。『古今集・仮名序』

二二　「これが手だ」と、「手」といふ名辞を口にする前に感じてゐる手、その手が深く感じられてゐればよい　中原中也「芸術論覚え書」

二三　思ひやる心は海を渡れども文しなければ知らずやあるらむ　『土佐日記・大湊より奈半の泊へ』

二四　人まろなくなりにたれど、うたのこととどまれるかな。たとひ時うつりことさり、たのしびかなしびゆきかふとも、このうたのもじあるをや。『古今集・仮名序』

二五　我が背子が来べき宵なりささがにの蜘蛛の振舞かねて著しも　衣通姫《そとおりひめ》　貫之は『古今集・仮名序』において小野小町の歌を評して、「古の衣通姫の流なり。あはれなるやうにて、つよからず、いはば、よき女のなやめるところあるに似たり。つよからぬは女の歌なればなるべし」と書いている。

二六　『土佐日記』最終行

儀式と強制

しっ、気をつけて！
奴らが見ている　僕らの口元
パクパクだけでもさせてなくっちゃ！
こうして逆さま《69》に抱き合っている最中にも

奴らは土足でずかずか
勝手に杭を打つんだ僕の×××に
無理やり埋め立てちまうのさ君の○○○○を
桜舞い散る笑顔を浮かべて

ごらんよ、奴らの自我が壁一面に投影されている
幼年期の愛情の欠乏を埋めきれないお濠端で

だから野火焼きながらお口パクパク
領土のようにワイシャツの胸元はだけて
ファック斉唱！

君の裸のダーティ・ボムの
爆破ボタンにぴんと伸ばした指先這わせて
シット三唱！

A LETTER FROM OMANKO

――二〇一六年一月十八日SMAP謝罪会見によせて

五人の若者が
真っ黒い空間から浮かび上がって
じっと前を向いている

殊勝な涙目の反省猿
どことなく恨めし気な上目遣い
裸の脇腹に矢の突き刺さった平成の殉教者たち

同じ光景を何度も見てきた
たいていは黒っぽい制服を着せられていて
坊主刈りだったり、ざんばらに乱れた丁髷だったり

権力が支配力を誇示しているのだが

権力者自身は姿を見せない
ただ屈服させた者の姿を晒し者にするばかりだ

みせしめ
お調子者の哀れな末路
共同体の身代わりとなった生贄の羊

遠巻きに見守る善男善女
誰も野次ったり石を投げたりはしない
かと云って彼らの身の潔白と解放を訴え出るものもない

内心はどきどきわくわくしながらも
自分たちまで一緒に叱られているような顔になって
黙って首を竦めている

テレビの前のＵＦＯに熱湯が注がれる
身を捩る麺　滲み出る汁
一億人がともに過ごす白々しい針の筵の三分間

五人は計画をしたというだけの事で
意志の発動だけに留まって予備行為に入っていないから
厳正な裁判では無論無罪になるべき性質のものであったに拘らず(1)

権力は心のなかに土足で上がりこみ
まだ犯されぬ罪を裁く
一罰百戒は時空間を貫き六族七世におよぶ

かくて国民の偶像は引きずり倒された
自由を求めて羽ばたく心は破かれ
ひとりで立ち上がろうとする意思は砕き潰された

だがなによりもやりきれないのは
国民の大半が「元のさやに収まってよかった」
「円満に解決して安心した」と思っているらしきことである

元のさや？　円満？　Give me a break!

まるでババアのおまんこのなかに閉じ込められているようじゃないか
干上がっているくせにむっとする

陰唇はぴったりと閉ざされて陽も射しこまない
言葉はコウモリみたいに飛び回るだけでどこへも行かない
数の子天井から垂れ下がる千匹の蚯蚓たち

蓋を剝がすと麺から立ち上る水蒸気と
ソースの香ばしいにほひとが柔らかに顔を撫でた
予は「日本人」に対する深い憐れみを以て静かに箸を動かした(2)

註

（1）石川啄木は「大逆事件（別名・幸徳秋水事件）」を論じた「A LETTER FROM PRISON」という文章のなかで、天皇暗殺未遂のかどで死刑に処せられた幸徳の無実を次のように主張している。「幸徳及他の被告（略）の罪案は、ただこの陳弁所の後の章に明白に書いてある通りの一時的東京占領の計画をしたといふだけの事で、しかもそれが単に話し合つただけ——意思の発動だけにとどまつて、まだ予備行為に入つてゐないから、厳正の裁判では無論無罪になるべき性質のものであつたに拘らず、政府及びその命を受けたる裁判官は、極力以上相連絡なき三箇の罪案を打つて一丸となし、以て国内に於ける無政府主義を一挙に撲滅するの機会を作らんと努力し、しかして遂に無法にもそれに成功したのである」

（2） 同右より引用。ただし啄木が食べるのは天丼である。「予は黙つて丼の蓋を取つた。あたたかい飯から立騰る水蒸気と天ぷらの香ばしいにほいとが柔かに予の顔を撫でた。（中略）予は「日本人」に対する深い憐れみを以て静かに箸を動かした」

ミス・桜

若い頃はモテただろう
頭は切れるし、男勝りの度胸はあるし、
にっこり笑えば
愛嬌だって満更じゃなかった

いまでも立ち振る舞いは見事なものだ
声なんか薄絹を透かしたようで
表情は柔和そのもの

だがその口から出てくる言葉の薄っぺらさたるや
「日本の心」「家族の大切さ」「助け合い・労わり合い」
「恵まれた自然と美しい四季」「美徳と伝統」
「いまこそ私達本来の国の形を取り戻そうではありませんか」

後ろに富士が立っている　手前で桜が咲いている
孫を抱いて満面の笑み浮かべる婆ちゃん
額に汗して救援活動する自衛隊員
仲よくジョギングするパパ、ママ、弟とワタシ（と犬のチャッピー）
美しい国「日本」……

その光景の片隅に彼女は立っている
「村八分《シカト》」「嫁いびり《イジメ》」「往復ビンタ《タイバツ》」「身元調査《サベツ》」「滅私奉公《ブラック》」
世代を越えて受け継がれる残虐非道には上の空で
うっとりと靖国の方を向いて

失われた日々は思い出すたびに刹那の輝きを増す
取り返しのつかぬ出来事だけが美しい
断続的な変化は痛すぎる

苔むした老樹の枝先に咲く花びらの痛々しい艶めかしさ
いつの間にか彼女の周りには

葬られた箸の「戦前」の亡霊たちが集っている
旗を振り万歳しながら

歴史のマドンナに眼を細めて
花吹雪にぼうっと霞んで

＊

……その隣のチャンネルでは
アダルトビデオの巨乳女優が広げた股の間に
虹色のモザイクが濡れて瞬いている

その隣のチャンネルでは
痩せた男が「お問い合わせは」と叫んで
それに続く「０１２０」の前に絶妙の間を挟んでいる

そのまた隣では
アメリカのプロバスケットボールの試合が始まり

砂漠の映像を背景に株価が流され

どこまで続くのか果ての知れないデジタル地獄の暗がりに

集団で犯された挙句刺し殺された女たちの亡骸が

無言で折り重なっている

飢餓のあまり仲間の肉を喰った男の

くちゃくちゃと咀嚼する音が響いている

湖上２０１６

ナイアガラのように大きな滝の手前で
ぼくらはボートを漕いでいる
頭上にぽっかり月は出て
奈落の瀑布はよほど耳を澄まさなければ聴こえない

舟べりに凭れかかって星を仰いで
君は椎名林檎を口ずさむ
オールの先が水を掠めてマヌケた音を立てるけど
なんだかそれもＴＶドラマの一コマみたい

　漕ごうが漕ぐまいが否応なしに
　ボートは前へ進んでゆく
　それに文句をつけるほど野暮じゃない

そのへんはもう大人のつもり

暗い波間から悲鳴が聞こえた
萎みかけたゴムボートが流されてゆく
可哀そうだけれど乗せてあげられる余地はない
下手したらこっちが沈んでしまう

君は身を乗り出してパンのかけらを放りこむ
鯉のエサじゃあるまいしと思うけどぼくは云わない
君はぼくの顔を覗きこむ
ぼくはにっこり笑って眼を逸らす

　ぼくは君に嘘をついている
もしかしたらそれがこの世のすべての
不幸の本当の理由
せめて君もぼくを騙していてくれたなら……！

この小さなボートのなかで

ぼくたちは幸福な家庭を築いてゆくのだ
それが何かだなんて突きつめないで
眼に見え手に取れるものの確かさだけを信じて

君は君の母さんに似てゆき
ぼくはぼくの親父に似てゆくだろう
拒絶するのは一瞬だけれど一生かけて受け入れることは
もっと貴い行為だと互いに言い聞かせながら

　君の手をしっかり握りしめたまま
　ぼくはぼくの嘘を投げ捨てる
　そのほかの無数の嘘と区別がつかなくなるように
　奈落はまだ（音は響けど）姿を見せない……

振替休日

一夜にして
中国が消えたというので
世間は大騒ぎである

きれいさっぱりなくなったのだ
十億の人口も万里の長城もろともに

経済は壊滅的打撃だそうだが
そんなことより
地球は傾かぬだろうか
バランスを崩して
軌道の上から転がり出しはしまいか

あれだけのものが失われたのだ
どんな影響があったとしてもおかしくはない
今日は人混みは避けた方がよかろう
港や海の近くも

ロウソクを灯して祈る者もいれば
せいせいしたとはしゃいでいる奴もいる

私は子供の手を引いて
途方に暮れた
私の子ではない女の男の子である

ああ、もういやだいやだ……！

アイスクリーム屋の前には
相変わらずの行列だ

白球の軌道

猫がぐるぐる二人の周りを廻って
時折つんつんとんとん前脚で頭を叩いたりするのは
妬いてるのか仲間に入りたいのかそれとも何かを伝えたがっているのか

男の舌の根には幼少時より微細な孔があいていて
女はそこからブラックホールの向こう側に顔出してアッカンベー
腕に抱けるのは無限の足音の反復だけ

ぐうぐる博士は今この瞬間も詰め込み続けている
いたいけな人工知能の喉奥へサイバー空間に溢れる画像を片っ端から
鶩鳥ども騒げば騒ぐほど湖水は静けさを増し
潤いも過ぎれば指の入滅　こゝこの現実をティッシュ代わりに

ふわっと引き抜いて丸めてぽーんと放れば
本だらけの部屋の隅のゴミ箱の縁から外れて現象の地平をコロコロコロ……

あべのハルカスから見晴らすのは安倍の春か
アベ・マリーア、次の一行には
［何か赤いものについて40字以内で記述しなさい］

今更だけど平和よりも憲法よりも詩の出来栄えの方がずっと大切
でもそこへミミズの穴から抜き足差し足
愛が忍びいってくるから話はややっこしくなっちまう

コンピュータはすべてを見切った挙句に猫の顔の幻を吐き出したそうだが
もしもかつて書かれた詩がこの世のサムネイルだとしたら
その集積からどんな残像が生まれるだろう

猫はぐるぐるつんとん
女の手が闇のなかに白く滲んで
男には見えない何かの頭を撫でてやっている

視覚器官の発達について

女の舌の上のアイスクリームが
トリュフ入り抹茶味なのか季節限定のカシス風味なのか
ペニスの先で感知できると人は云うけど……

僕らは地球上で最初に〈目〉を持ち得た生命体の
視た世界について語り合っていたんだ
夏至間近の太陽の下のデッキでふたりともサングラスをかけて

港の外れには恐竜の化石のような船の骨組み
運河のほとりで宙に浮く樹
見つけるたびに君は腕を伸ばし僕に「見よ」と命じた
完全な暗闇にある時突然光が射し込み

無数の顔が浮かび上がるのはどんなに恐ろしいことだろう
でもそのひとつが君だとしたら――

今、僕は数億年の進化の果てで目をつむり
ひとり思い出している
あの日おんぼろ自転車の上で揺れていたドレスのオレンジの

袖ぐりから時折ちらりと覗いた
ブラジャーの布地の光沢
すべてはその青の一点に掛かっていたのだ

漂着者たち

男が女を抱いている
腕に肋の撓みがこころ細い
夢見るはだかは温かい
窓の外では時代が白々明けてゆく

女の顔は距離と共に変化する
近寄せれば寄せるほど
知らない人になる
何世紀も前に交わした一夜の契り……

列島の骨格
黒潮の色素の沈着
葦の水辺で寄り添っていると

緯度と経度が滑りだす

連なったものを切り離し
重なったものを無理やり剝がして
国家でございと
窓の外を旗が行く

女が眼を開いた
歴史を透かして男を見ている
手の蕩尽　息の謀反
渦を見ている

大日本国民連句

深爪を切られて哀し拘束帯　（80歳・男・大学名誉教授）
　模試の窓から見上げる鳥影　（17歳・男・高校生）
模造品抱えて走る異国の夜　（28歳・男・不法滞在者）
　俺は本物？　鏡に訊ねる　（44歳・男・作曲家）
手鏡に映って消えた花の色　（54歳・男・経済アナリスト）
　ウッソーホントーエスカレーター　（18歳・女・高校生）
昇っても昇っても来ぬ勝利の日　（37歳・男・英検職員）
　踊り場に立つ我を見ぬ君　（37歳・女・主婦）

童謡に合わせて踊るデイの友
隠したくないゲイの友たち
（75歳・女・元生保レディ70代）
（23歳・男・大学生）

雪隠で詰め腹切れど高楊枝
切っては縫って家を建てよう
（40歳・男・外務省キャリア官僚）
（40歳・男・無免許外科医）

段ボールの舟を漕ぎ出す浅き夢
大漁旗の下あの日を思う
（61歳・男・無職）
（83歳・男・マグロ漁師）

通勤が巡礼となる彼岸かな
ビッグデータから溢れる祈り
（55歳・女・公認会計士）
（33歳・男・WEBマーケター）

洪水を水に流して忘却炉
過去なき民に未来はあらじ
（58歳・男・有機野菜農家）
（93歳・女・元高等小学校代用教員）

今もまだ待っているかな私の木
永久《とわ》願う身は朽ちてゆけども
（11歳・女・小学生）
（88歳・女・作家）

くちなしの花の無言を空が聴く
集団的に近づく靴音
（42歳・女・華道家元）
（26歳・男・書店員）

先生の笛に合わせて右左
茶髪乱して旗振るヤンママ
（6歳・男・小学生）
（30歳・女・ファミレスバイトリーダー）

金型に夢見る特需火の車
対岸の有事GDP2％
（47歳・男・中小企業経営者）
（63歳・男・銀行役員）

黒企業に人質とられサービス残業
朝ごとのジハード線路で自爆
（27歳・男・居酒屋店長）
（36歳・男・鉄道運転士）

制服で添い寝するのも国の為
甘き糸曳く君の唾幾ら？
（16歳・女・家出少女）
（46歳・男・幹部自衛官）

唾飛ばし憎悪を煽る交叉点
見分ける術なき我と彼らと
（24歳・男・愛国活動家）
（38歳・女・町弁）

遺伝子の一斉検査日本晴れ　（53歳・女・区役所保健衛生課長）
　有名人隠れ在日一挙掲載　（42歳・男・雑誌編集長）

国歌斉唱その口パクぞ見逃さじ　（55歳・女・小学校長）
　♪ぎーりーがーおー（義理顔）はーと声を張り上げ　（58歳・男・日教組組合員）

声が出ない自分の声が思い出せない　（30歳・女・アニメ声優）
　流しの前が崖と化す午後　（78歳・男・理髪師）

命懸け崖攀じ上る紺スーツ　（21歳・女・就活学生）
　波打ち際から見上げれば白　（39歳・男・ニート）

白星が滲んで消える土俵際　（29歳・男・角番大関）
　余命を告げる女医の口紅　（41歳・男・救急隊員）

君が蛸焼きならば俺、紅ショウガ　（25歳・男・パチプロ20代）
　同時に云いたいお先に失礼　（75歳・女・家族経営酪農家）

礼儀より大事なものって何ですか？
愛って答えたいでも確かなのは美

（15歳・女・私立中学生）
（33歳・女・絵画モデル）

美しい日本語で云う嘘八百
言葉の綾で真の目眩ます

（28歳・女・局アナ）
（52歳・男・内閣法制局参事官）

夥しい笑顔が怖い目が怖い
子猫の写真に縋りつく夜

（34歳・女・ピン芸人）
（38歳・男・ビル警備員）

貧乳を写メで送らせ雛祭り
網の目潜って悪の華咲く

（44歳・男・薬剤師）
（31歳・男・宅配員）

2次元の恋人連れて行く熱海
高き雲間にはためくリア充

（38歳・男・SE）
（41歳・男・国立大助教）

リア王と化して徘徊する父よ
おむつを替えない無言の復讐

（56歳・女・エステティシャン）
（35歳・女・介護ヘルパー）

飽食のさなかにありて無を夢む　（90歳・男・元検察官）
　コンビニの消えた街の静けさ　（20歳・男・予備校生）

賞味期限二時間前の一斉射撃　（64歳・女・ブティック経営）
　餓死した母子は誰の生贄？　（22歳・男・修行僧）

活き造りのイカと眼が合い殺生丸　（51歳・男・商社マン）
　検査入院は即身仏のシミュレーション　（66歳・男・都知事）

「即金」の響きに吊られ生き地獄　（27歳・男・ワーキングプア）
　天にポイントためよと説く君　（39歳・女・収益物件電話勧誘員）

円暴落国債崩壊春爛漫　（54歳・女・経済評論家）
　ニート待望の下剋上来る！　（40歳・男・塾講師）

伊勢丹を襲って見上げる一番星　（17歳・女・卓球選手）
　引き籠りまでが街に出てゆく　（80歳・男・要介護5）

辻々に揺らぐ篝火影曳いて
　薪の代わりに燃やす枕木
（63歳・男・民生委員）
（35歳・男・タクシー運転手）

心から染み出す寂しさに引火
　炉心溶解飛び散る千手
（59歳・女・京友禅染織家）
（73歳・男・貝類学者）

手を添えて釣銭戻すあんた誰？
　しらないひとととはくちききません
（33歳・女・美容ブロガー）
（3歳・女・待機児童）

名を知らぬ胸に抱かれてヴァレンタイン
　卑語囁けば消える吃音
（28歳・女・法科大学院生）
（46歳・男・レントゲン技師）

茜さす縄目隠して浸かるお湯
　鴨居の下の空蟬の翅
（36歳・女・調律師）
（78歳・男・山岳写真家）

鳩の羽根そっと摘まんで空を見る
　ぼくとべるんだよゆめのなかなら
（71歳・女・ビル掃除婦）
（5歳・男・小児病棟入院患者）

スーパージャンボな夢売る人の皺深く
暮れ押し迫り春を買う我

（52歳・女・カルチャーセンター講師）
（78歳・男・発明家）

押して欲しい背中晒して線の上
だめよだめだめ壊れたロボット

（28歳・女・未経験者）
（51歳・男・アパート経営）

こわれ煎餅噛み砕きつつ長文メール
にて失礼しますお控えなすって

（44歳・女・歯科技工士）
（38歳・女・クレーマー）

被告（国）即日控訴の面の皮
首切られても着地する足

（統一原告団・弁護団一同）
（52歳・男・厚生省薬務局生物製剤課職員）

君が代の着メロ響く地下シェルター
蛍の光途絶えし静寂《しじま》に

（67歳・女・教祖）
（38歳・男・ホームセンター勤務）

静脈瘤張り裂けみれば下肢が鳴る
気を付け、休め、国民皆兵！

（49歳・女・新幹線車内販売員）
（32歳・男・マスゲーム指導員）

国民的議論を深める一本道
　決める男を操る遣い手
（53歳・女・少子化対策特命担当）
（90歳・男・義太夫節太夫）

口より手手より足コキ縛られて
　芋虫に与ふヒールの祝福
（37歳・男・私設秘書）
（26歳・男・女王様）

よーいどん！　おイモころころ坂の下
　泥にまみれて空を見てたい
（8歳・女・班長）
（27歳・男・自販機補充員）

泥パックつけたまんまでローソク足
　雲一つない追証の朝
（45歳・女・デイトレーダー）
（59歳・男・先物相場師）

追分に腰を下ろして思案顔
　右か左か翼をください
（62歳・男・易者）
（19歳・女・ラッパー）

大政翼賛陽はまた昇るまほろばに
　俺の祖国はサザンの歌だけ
（96歳・男・元首相）
（55歳・男・インド子会社出向）

魂極《たまきは》るレエス細工の祖母の肌
　遺影の笑顔は喧嘩の翌朝

喧噪の底に流れるツートントン
　指先だけで交わす囁き

ピアニスト銀河のほとりをアンダンテ
　裾を引き摺る感情のグラビティ

あしびきの山手線に妹待てば
　爪先宿る繊維の鑑定

お宝の値段はいくら8頭身
　子宝孕んでなんぼの下腹《したばら》

ロースよりハラミが好きだ夏期講習
　弱肉強食負けるは悪よ

（21歳・女・服飾専門学校学生）
（83歳・男・寡夫）

（32歳・男・国立天文台技術職員）
（36歳・女・脳神経センターリハビリ専属医）

（28歳・女・点字通訳者）
（68歳・女・心理カウンセラー）

（55歳・男・教育長）
（26歳・男・冤罪被害支援者）

（32歳・女・読者代表モデル）
（52歳・男・産婦人科医）

（11歳・男・受験生）
（47歳・女・ベンチャー起業家）

一人当たりの負債総額まじっすか
　すべてを失うすがすがしさよ
（19歳・男・内装工事スタッフ）
（91歳・男・元人間魚雷回天搭乗員）

失禁の干潟に遊ぶ銀童
　おむつに踊る「さわやか」「はつらつ」
（52歳・女・ケアマネ）
（48歳・男・ドラッグストア勤務）

70億の踊る阿呆が星の上
　その翌日《ザ・デイ・アフター》の青き誘蛾灯
（37歳・女・徳島県人）
（27歳・女・グリーンピース活動家）

灯油浴びマッチ片手の半跏趺座
　千人やったらこの国変わる？
（45歳・男・セルフスタンド勤務）
（51歳・女・選挙管理委員会職員）

千代紙で包んで飾る中《ちゅう》の空《くう》
　微笑が般若に見えるのは何故
（28歳・女・デパ地下店員）
（68歳・男・歌舞伎役者付人）

「なぜ・なに」の刀をふって鬼退治
　謎かけられて色めく夕闇
（11歳・男・理系志望）
（82歳・女・地方《じかた》）

色丹の返還めざし虎視眈眈　（25歳・女・保守系活動家）
　しょこたんじゃなくって？　熱燗もう一本ね　（23歳・男・フォロワー）

本を読めば掠れて消える肩の線　（16歳・女・作詞家志望）
　乗り越し駅で風に醒まされ　（59歳・男・役職定年者）

覚せい剤常用漢字の眼を醒ませ　（68歳・男・元国語教師）
　家庭で作れるメタンフェタミン　（35歳・男・化学教師）

趣味訊かれ「家庭」と答える人の影　（32歳・女・カラオケスナック従業員）
　八紘一宇の真光浴びて　（45歳・女・元アイドル歌手）

十八の春を祝いて選挙権　（56歳・女・政調会長）
　裏を返せば死刑へようこそ　（54歳・女・元政調会長）

裏切られ波なお絶えぬ基地の島　（46歳・男・サトウキビ農園経営）
　羽ばたけ悲願の国産ドローン　（38歳・女・自動制御システム開発者）

ぶんぶんぶん蜂の一刺し女の天誅
　どこ吹く風の対米追従

（62歳・女・元首相秘書官夫人）
（52歳・男・ＴＰＰ交渉担当事務次官）

厳戒も限界灘の壱岐対馬
　まだ動いてる皿の上のイカ

（28歳・男・海上自衛隊対馬防備隊員）
（59歳・女・佐賀県唐津市呼子観光案内所員）

さらわれてそらはれたあささらわれた
　足跡を消す波の手憎し

（64歳・女・証人）
（93歳・男・元鹿児島県警公安課職員）

跡取りの影なき田畑案山子泣き
　天から舞い降るTanPoPoの誅

（77歳・女・専業農家）
（57歳・男・ＪＡ全中渉外担当）

天麩羅の衣のごとき文明の
　ツユの晴れ間に味わう野生

（46歳・女・キッチンスタッフ）
（22歳・女・山ガール）

もう疾うに終わっていたとは露知らず
　男もすなる夕の閉じまり

（47歳・女・ホルモン療法士）
（57歳・男・地域工務店経営者）

花も嵐も閉ざす門なき春の空

微量の毒は薬となりしか

（52歳・男・首相官邸施設管理職員）

（匿名希望）

毒をもて毒を制せよ癌列島

内部照射でいや増す後光

（39歳・女・日本定位置放射線治療学会会員）

（21歳・女・ホメオパシー統合医療専門校学生）

四元康祐（よつもと・やすひろ）

一九五九年生まれ。詩集に『笑うバグ』、『世界中年会議』（山本健吉文学賞、駿河梅花文学賞）、『噤みの午後』（萩原朔太郎賞）、『ゴールデンアワー』、『現代詩文庫・四元康祐詩集』、『妻の右舷』、『対詩 詩と生活』（小池昌代と共著）、『対詩 泥の暦』（田口犬男と共著）、『言語ジャック』、『日本語の虜囚』（鮎川信夫賞）、『現代ニッポン詩（うた）日記』。評論集に『谷川俊太郎学——言葉VS沈黙』、『詩人たちよ！』。翻訳にサイモン・アーミテージ『キッド』（栩木伸明と共訳）など。詩集『小説』を本詩集と同時刊行。

単調《たんちょう》にぼたぼたと、がさつで粗暴《そぼう》に

著　者　四元康祐《よつもとやすひろ》
発行者　小田久郎
発行所　株式会社思潮社
一六二－〇八四二　東京都新宿区市谷砂土原町三－一五
電　話　〇三－三二六七－八一五三（営業）八一四一（編集）
ＦＡＸ　〇三－三二六七－八一四二
印刷・製本　創栄図書印刷株式会社
発行日　二〇一七年五月一日